Gudrun Pausewang

Die Wolke

Gudrun Pausewang, geboren 1928, war als Lehrerin u.a. in Südamerika tätig, wo viele ihrer Romane angesiedelt sind. Heute lebt sie als freie Autorin in Schlitz bei Fulda.
Neben Kinder- u. Jugendbüchern schreibt Gudrun Pausewang auch Erwachsenenromane. Viele ihrer Bücher wurden mit Preisen ausgezeichnet, so auch die fiktive Erzählung »Die letzten Kinder von Schewenborn«, mit der sie einen vielbeachteten Beitrag zur Friedensdiskussion leistete.

Von Gudrun Pausewang sind außerdem in den Ravensburger Taschenbüchern erschienen:

RTB 362 Und dann kommt Emilio
RTB 715 Die Not der Familie Caldera
RTB 768 Auf einem langen Weg
RTB 794 Der Streik der Dienstmädchen
RTB 938 Ich habe Hunger – Ich habe Durst
RTB 969 Friedens-Geschichten
RTB 975 Die letzten Kinder von Schewenborn
RTB 1593 Etwas läßt sich doch bewirken
RTB 1646 Die Prinzessin springt ins Heu

GUDRUN PAUSEWANG

Die Wolke

Jetzt werden wir nicht mehr sagen können,
wir hätten von nichts gewußt.

AUSGEZEICHNET MIT DEM
DEUTSCHEN JUGENDLITERATURPREIS 1988

OTTO MAIER RAVENSBURG

Ähnlichkeiten zwischen Personen dieser Erzählung
und lebenden Personen sind rein zufällig und unbeabsichtigt.

Als Ravensburger Taschenbuch Band 1721
erschienen 1989

Die Erstausgabe erschien 1987
in der Ravensburger Jungen Reihe
im Ravensburger Buchverlag Otto Maier GmbH

Umschlag: Rotraut Susanne Berner

Gesamtherstellung: Ebner Ulm
Printed in Germany

5 4 3 93 92 91 90

ISBN 3-473-51721-6

Sie haben versagt

Was tun? H-Milch kaufen oder Büchsenmilch?
Wir wissen es nicht.
Verfallsdaten beachten oder Halbwertszeiten?
Wir wissen es nicht.
Regenschirm oder Abduschen?
Wir wissen es nicht.
Sind Kinder 23mal oder nur 17mal so gefährdet wie Erwachsene?
Wir wissen es nicht.

Es geht um mehr als um Tiefkühlkost
und um die Frage
nach dem unbedenklichen Verzehr von Blattspinat
in den richtigen Bundesländern.

Unsere Politiker haben sich totgestellt.
Kein Ton von den Herren, die so gerne reden.

Als Lastwagenfahrer einst
gegen schleppende Abfertigung
an der Grenze protestierten,
fuhr Herr Strauß ins Krisengebiet.
Im geländegängigen Fahrzeug.

Wenn jetzt Frauen ihre Kinder nicht mehr
auf den Spielplatz lassen können,
wenn die Landwirte ihr Blattgemüse umpflügen müssen,
wenn Menschen der Strahlengefahr direkt ausgeliefert sind,
entfaltet sich administrative Funkstille.
Der Staat ist untergetaucht.

Warum?

Ruhe bewahren,
nur keine Aufregung,
Gras darüber wachsen lassen:
Die Atompolitik darf nicht gefährdet werden.

Nur einer meldet sich zu Wort: Herr Zimmermann.
Er beschimpft die Russen,
sie würden eine unmenschliche Informationspolitik
betreiben, eine verantwortungslose,
weil sie nichts anderes im Sinn hätten als

Ruhe bewahren,
nur keine Aufregung,
Gras darüber wachsen lassen:
Die Atompolitik darf nicht gefährdet werden.

Der Kanzler gab aus dem Fernen Osten Anweisungen.
Die Behörden hielten Strahlenwerte geheim.

Heute sind 350 Kernreaktoren in rund 30 Ländern in Betrieb.
Zwei haben schrecklich versagt.
Einer in Harrisburg, einer in Tschernobyl.

Nun werden noch mehr Menschen an Krebs sterben.
Das Erbgut vieler Menschen ist seitdem
krankhaft verändert, ohne daß sie es wissen.
Es wird noch mehr Sozialfälle und Krüppel geben.
Die Schadstoffe werden in der Lebensmittelkette bleiben.
Wir reichern uns an.

Versagen gehört zu unserer Welt.
Es gibt keine absolute Sicherheit.
Jede Technik hat Schwachstellen.
Versagen ist menschlich.
Mit Versagen nicht zu rechnen,
ist verantwortungslos und unmenschlich.
Die Atomwirtschaft setzt auf technische Wunderwerke,
die nicht versagen.

Aber sie haben versagt.

Mag sein, die deutschen Atomkraftwerke
sind doppelt so sicher wie die russischen.
Dann passiert es in acht Jahren statt in vier.

Und Brokdorf liegt nur 60 km von Hamburg,
Wackersdorf nur 130 km von München,
Biblis nur 50 von Frankfurt.

Wer evakuiert die Hamburger wohin?
Werden die Münchner nach Capri evakuiert?
Die Frankfurter auf die Kanarischen Inseln?

Jeder wird allein gelassen sein.
Wie schon dieses Mal.
Die Politiker werden wieder unfähig sein,
etwas zu tun.
Sie werden abwiegeln und beschwichtigen.

Nur keine Panik, sagen sie.
Unsere Sorge sei verständlich, sagen sie,
aber völlig überflüssig.
Vor allem soll alles so weitergehen, sagen sie.
Nur jetzt noch sicherer.
Atomstrom schafft Arbeitsplätze, sagen sie.

Beschwichtigung von Ignoranten.
Sie sehen nichts,
sie hören nichts,
sie lernen nichts.
Sie haben nur gelernt, wie man Wahlen gewinnt.

Was haben wir gelernt?
Es reicht nicht, gegen das Informationschaos
und den Beschwichtigungsnebel der Regierung zu protestieren.
Es reicht nicht, mehr Schutz und Sicherheit zu fordern.
Es reicht nicht,
weil uns so eindrucksvoll wie noch nie bewiesen wurde,
in welchem Ausmaß die Politiker
der Lage nicht gewachsen sind.
(Dabei war Tschernobyl nur ein Unfall.
Stellen wir uns vor, es explodieren Sprengköpfe.)

Auswandern? Emigrieren?
Aber wohin?
Jetzt werden wir nicht mehr sagen können,
wir hätten von nichts gewußt.
Wir können nicht fliehen und emigrieren.
Die Welt wird immer mehr zu unserem eigenen Gefängnis.
Zum Gefängnis des atomaren Fortschritts.

Wenn wir heute nichts dagegen unternehmen,
werden sie sich morgen bedanken
für unser Stillhalten und unsere »Vernunft«.
Jeder muß überlegen, was er tun kann.
Jeder an seiner Stelle.
Dieses Mal vergessen wir's nicht.

Diese Anzeige erschien am 23. 5. 1986, vier Wochen nach dem Reaktorunfall von Tschernobyl, in der Wochenzeitung DIE ZEIT. Sie entstand in einem Freundeskreis von sieben Männern und Frauen. Als verantwortlich im Sinne des Presserechts zeichnete Inge Aicher-Scholl, die Schwester von Hans und Sophie Scholl.

1

An diesem Freitagmorgen wehte eine starke Brise. Wenn Janna-Berta aus dem Fenster schaute, sah sie die jungen Birkenblätter in der Sonne glitzern. Die Schatten der Zweige zitterten auf dem Asphalt des Schulhofs. Über die Pavillondächer schneite es Kirschblütenblätter. Der Himmel war tiefblau. Nur vereinzelte Wolken, weiß und leicht wie Watte, trieben über ihn hin. Für einen Maimorgen war es außergewöhnlich warm. Die Sicht war klar.

Plötzlich heulte die Sirene. Herr Benzig brach seinen Kommentar zur neuen Französisch-Lektion mitten im Satz ab und warf einen Blick auf seine Armbanduhr.

»Neun vor elf«, sagte er. »Komische Zeit für einen Probealarm. Es stand auch nichts davon in der Zeitung.«

»Das ist ABC-Alarm!« rief Elmar, der Klassenbeste.

»Wahrscheinlich stand's doch wo, und ich hab's nur übersehen«, sagte Herr Benzig. »Machen wir weiter.«

Aber kaum hatte er sich wieder in die Lektion vertieft, knackte es im Lautsprecher. Alle blickten zu dem kleinen Quadrat über der Tür. Es sprach nicht, wie sonst, die Sekretärin, sondern der Direktor.

»Soeben wurde ABC-Alarm gegeben. Der Unterricht schließt ab sofort. Alle Schüler begeben sich auf schnellstem Weg nach Hause.«

Es folgten ein paar Sätze, die in wildem Lärm untergingen. Alle rannten zu den Fenstern und spähten hinaus.

»Verstehst du, was das soll?« fragte Meike, Janna-Bertas Freundin.

Janna-Berta schüttelte den Kopf. Sie spürte, wie ihr die Hände kalt wurden. Irgend etwas war geschehen. Aber was? Sie dachte an Uli, ihren kleinen Bruder.

»Geht nach Hause«, sagte Herr Benzig.

Vom Korridor drang Lärm herein: aufgeregtes Geschrei, eilige Schritte, Türenschlagen.

»Was ist denn überhaupt los?« rief Janna-Berta.

Herr Benzig hob die Schultern.

»Ich weiß nicht mehr als ihr«, sagte er. »Bitte geht jetzt. Lauft so schnell ihr könnt! Aber behaltet einen klaren Kopf.«

»Soll wahrscheinlich eine besonders lebensnahe Katastrophenübung sein«, sagte Elmar und packte scheinbar seelenruhig seine Tasche. Aber Herr Benzig schüttelte den Kopf.

»Davon hätte ich gewußt«, sagte er.

Dann riß einer die Tür auf und rannte hinaus. Die anderen stürmten ihm nach. Im Gang gab es ein wildes Gedränge. Ein paar Schüler versuchten, sich gegen den Strom durchzukämpfen. Unter ihnen erkannte Janna-Berta Ingrid aus der Parallelklasse. Ingrid wohnte in der Rhön. Janna-Berta war in den Pausen oft mit ihr zusammen.

»Jetzt geht doch kein Bus nach Uttrichshausen!« rief sie Janna-Berta zu. »Erst in anderthalb Stunden. Ich ruf daheim an, die sollen mich holen.«

Aber auch vor dem Sekretariat drängten sie sich schon. Es würde lange dauern, bis Ingrid telefonieren konnte. Janna-Berta wollte bei ihr stehen bleiben, kam aber nicht gegen den Strom an, der zur Treppe drängte. Sie hielt sich an Meikes Arm fest, während sie Stufe um Stufe hinabgeschoben wurde. Der Lärm nahm zu. Unten, in der Pausenhalle vor dem Ausgang, schrie jemand: »Grafenrheinfeld! Alarm in Grafenrheinfeld!«

Janna-Berta versuchte sich zu erinnern: Grafenrheinfeld – war da nicht ein Kernkraftwerk?

Als sie das Schulgebäude verließ, hasteten ein paar Knirpse, Fünftkläßler, an ihr vorbei. Ohne nach rechts und links zu sehen, liefen sie über die Straße. Reifen quietschten. Ein Autofahrer hupte wild und schimpfte hinter den Kindern her. Offensichtlich wußte er noch nichts.

Vor dem Zebrastreifen blieb Janna-Berta unschlüssig stehen.

»Ich hab jetzt auch keinen Bus«, sagte sie.

»Komm doch erst mal mit zu mir«, schlug Meike vor.

Janna-Berta schüttelte den Kopf.

»Willst du zu Fuß nach Schlitz?« fragte Meike.

»Meine Eltern sind heute in Schweinfurt«, sagte Janna-Berta. »Vati hat dort eine Tagung, und Mutti und Kai sind bei meiner Großmutter. Sie kommen erst morgen zurück. Uli ist allein zu Hause. Ich muß mich um ihn kümmern.«

In diesem Augenblick kam Lars vorbei, Lars aus Schlitz. Er war in der Oberstufe und kam im Auto zur Schule.

»Hallo, Janna-Berta«, rief er ihr zu, »willst du mitfahren?«

Sie nickte hastig, verabschiedete sich von Meike und lief hinter ihm her.

Noch drei andere Jungen aus Schlitz fuhren mit, alle aus der Oberstufe. Janna-Berta durfte auf den Beifahrersitz. Lars fuhr schon los, während sie sich noch anschnallte.

»Das kannst du dir sparen«, sagte Lars. »Heute kannst du die Beine zum Fenster raushängen, und es interessiert kein Schwein. Am wenigsten die Polizei.«

»Wenn die uns Knall auf Fall heimschicken, ist es vielleicht ein SuperGAU«, sagte einer der Jungen im Fond.

»Zu blöd, daß mein Autoradio kaputt ist«, knurrte Lars.

SuperGAU. Jetzt erinnerte sich Janna-Berta: Damals, nach dem Unfall in dem russischen Kernkraftwerk, hatte man auch vom GAU geredet. Wochenlang. Sie war noch in der Grundschule gewesen, und ihr war unbegreiflich geblieben, was ihnen der Lehrer über »Rem« und »Becquerel« und »radioaktive Strahlung« zu erklären versucht hatte. Sie hatte sich nur den Namen des russischen Kernkraftwerks gemerkt: Tschernobyl. Und sie hatte begriffen, daß nun der Himmel und die Erde und vor allem der Regen irgendwie vergiftet waren. Wenn es regnete, durfte man in der Pause nicht auf den Hof. Logisch. Aber dann, nach Unterrichtsschluß, wurde man heimgeschickt, in den Regen hinaus, den vergifteten. Am ersten Tag hatte Janna-Berta sich weinend geweigert, das Schulgebäude zu verlassen. Der Regen war doch immer noch giftig! Im Wagen einer Lehrerin, die in ihrer Nachbarschaft wohnte, war sie schließlich daheim angekommen, schluchzend, und Oma Berta hatte sie »Dummerle« genannt. Der Regen sei doch gar nicht giftig, da hätte der Lehrer dummes Zeug erzählt.

Inzwischen war Janna-Berta vierzehn, Schülerin der fünften Gymnasialklasse, und wußte mehr. SuperGAU: Das hieß, daß aus einem Atomkraftwerk Radioaktivität entwich – in gefährlichen Mengen. Und so ein Atomkraftwerk stand in Grafenrheinfeld. Wie weit war das eigentlich entfernt?

Lars fuhr die Abkürzung über die Marienstaße. So umging er vier Ampeln. Es war eine stille Villengegend. Aber an diesem Tag fuhren drei Wagen vor Lars' altem Kadett her, und hinter ihm hupte es ungeduldig, obwohl Lars schon über sechzig fuhr.

Im Fond diskutierten sie jetzt über die Art des Grafenrheinfelder Reaktors und darüber, was in einem solchen Reaktor passiert sein konnte. Immer wieder fielen die Wörter »Tschernobyl« und »Harrisburg« und »Brennstäbe«, »Kühlwasser« und »Druckbehälter«. Für Janna-Berta waren die vier Oberstufenschüler Atomkraft-Experten. Sie selber hatte sich nie sonderlich für Physik interessiert. Aber daß Atomkraftwerke gefährlich werden konnten, wußte sie. Nach Tschernobyl war sie mit ihren Eltern auf mehreren Demonstrationen gewesen. Sie erinnerte sich noch gut daran. Damals hatte es den Riesenkrach gegeben zwischen den Eltern und den Großeltern: Oma Berta und Opa Hans-Georg meinten, ohne Atomkraft gehe es einfach nicht mehr, die gehöre nun mal zum modernen Leben wie das Auto oder der Fernseher, und daß da in Tschernobyl was schiefgelaufen sei, das habe mit den deutschen Atomkraftwerken überhaupt nichts zu tun. Außerdem: Mit Demonstrationen bewege man gar nichts, das seien nur Tummelplätze für Träumer und Chaoten. Am wütendsten aber waren sie auf Mutti gewesen: Sie waren überzeugt, daß Vati nur durch sie auf derart dumme Ideen gekommen war.

»Wir haben unseren Hartmut so erzogen«, hatte Opa Hans-Georg in einer der hitzigen Diskussionen gerufen, »daß er mit beiden Beinen in der Realität steht. Und jetzt das!«

Wo die Marienstraße in die Niesigerstraße einmündete, gab es einen Stau. Den gab es hier sonst nie.

»Astreine Panik«, sagte Lars trocken. »Die wollen alle zur Autobahn.«

Janna-Bertas Eltern hatten seinerzeit sogar eine Bürgerinitiative gegen die Nutzung von Atomkraft mitgegründet. Aber inzwischen war Tschernobyl so gut wie vergessen. Die Atomkraftwerke in der Bundesrepublik hatten ohne nennenswerte Zwischenfälle weitergearbeitet, und die Bürgerinitiative war bald wieder eingeschlafen.

»Tschernobyl war noch nicht genug«, hatte Vati einmal gesagt. »Es muß erst hier bei uns passieren, damit es dem Bundesbürger den Hintern aus dem Sessel reißt.«

Jetzt erinnerte sich Janna-Berta auch, weshalb ihr der Name GRAFENRHEINFELD gleich so bekannt vorgekommen war: Mutti hatte einmal für die Bürgerinitiative Flugblätter abgezogen und verteilt. Janna-Berta hatte ihr dabei geholfen. Auf den Flugblättern waren die Standorte aller bundesdeutschen Kernkraftwerke zu sehen gewesen. Eines davon hatte Grafenrheinfeld geheißen. Janna-Berta konnte sich nicht mehr genau erinnern, wo es lag. Aber sehr weit entfernt war es nicht.

Uli wird jetzt aus der Schule heimlaufen, dachte sie unruhig.

Sie kurbelte das Wagenfenster herunter. Rolläden rasselten, Leute hasteten aus einer Haustür. Auf der anderen Straßenseite lief eine Frau mit zwei kleinen Kindern. Das eine trug sie auf dem Arm, das andere zerrte sie hinter sich her. Ein Parterrefenster wurde geöffnet, eine Katze herausgescheucht.

Als sie endlich die Kreuzung hinter sich hatten und die Stadt in Richtung Gläserzell verließen, kamen ihnen nur noch wenige Wagen entgegen. Aber immer wieder wurden sie überholt, und noch bevor sie Gläserzell erreicht hatten, war eine ganze Wagenkolonne hinter ihnen.

»Die fahren Landstraße, weil die Autobahnen bald verstopft sein werden«, meinte einer im Fond.

»Wenn's wirklich brenzlig wird, fliegen wir weg«, sagte Lars.

Janna-Berta wußte, daß Lars' Vater ein Sportflugzeug auf dem Flugplatz in Wernges stehen hatte. Er hatte ihren Vater einmal zu einem Flug über Schlitz eingeladen.

»Ich wette, meine Leutchen sind auch schon beim Packen«, sagte einer von hinten. »Sicherheitsfanatiker. Und meine Oma wird den verrücktesten Krempel einpacken: Nachttischlampen oder die Unkrauthacke!«

Janna-Berta dachte an ihre beiden Großmütter: Jo, Muttis Mutter, und Oma Berta, Vatis Mutter. Jo war Krankenschwester in Schweinfurt und verbrachte jedes zweite Wochenende auf Demonstrationen. Sie war ein bißchen anstrengend mit ihrem ewigen »Wir müssen uns alle ändern . . .«, ihrem Vegetarierspleen und ihrem Tick vom einfachen Leben. Aber bei ihr fühlte sich Janna-Berta ernstgenommen. Da durfte sie mitdiskutieren. Und Jo wohnte so herrlich unaufgeräumt!

Oma Berta in Schlitz war ganz anders. Sie war wie die Omas, die in Janna-Bertas Kinderbüchern vorkamen. Bei ihr war's wunderbar, klein zu sein! Je kleiner, desto besser. Sie konnte so schön verwöhnen und umsorgen, und sie wußte so viele alte Lieder und Geschichten. Die meisten waren traurig-schön, obwohl Janna-Berta sie oft nur halb verstanden hatte. Aber wenn's auch noch so traurig-gruselig geworden war: Die Angst hatte nie ganz nahe kommen und groß werden können. Bei Oma Berta war man sicher, da konnte einem nichts geschehen, und das Gute war deutlich sichtbar und siegte, und das Böse war noch deutlicher sichtbar und wurde besiegt. Darauf konnte man sich bei Oma Berta verlassen. Bei ihr hatte alles seine Ordnung, von den Schimpfwörtern, die man in ihrer Anwesenheit nicht verwenden durfte, bis zu den sauber gestapelten Bettlaken im Wäscheschrank. Und sie wäre nicht Oma Berta gewesen, wenn sie nicht auf jedem Spaziergang, auch bei strahlendem Wetter, einen Schirm bei sich gehabt hätte. Die Grünen hatten für sie »einfach keine Manieren«, und wenn sich Opa Hans-Georg mit Vati über Politik stritt, verzog sie sich in die Küche. Ihre Waffeln waren die besten der Welt.

Seit einer Woche waren Oma Berta und Opa Hans-Georg auf Mallorca. Vielleicht gingen sie gerade unter Palmen spazieren. Oma Berta fehlte Janna-Berta sehr. Obwohl sie sich in letzter Zeit öfter über sie geärgert hatte. Oma Berta wollte einfach nicht einsehen, daß Janna-Berta mit ihren vierzehn Jahren schon mitreden konnte. Zum Beispiel, wenn es um Politik ging. »Schon gut, Jannchen«, sagte sie sanft, sobald sich Janna-Berta zu Wort meldete.

Ob Oma Berta heute auch unsinnigen Kram einpacken würde? Janna-Berta war sich nicht sicher. Einerseits hatte Oma Berta die ganze schlimme Kriegszeit durchgemacht. Andererseits rief sie jedesmal, wenn Opa Hans-Georg darauf zu sprechen kam: »Sei still, ich will von diesen schrecklichen Dingen nichts mehr hören!«

Als sie durch das kleine Dorf Hemmen im Fuldagrund kamen, hielt auf der anderen Straßenseite ein Schulbus. Kinder stiegen aus und liefen auseinander. Auf die Jüngsten warteten ein paar Mütter, die nervös gestikulierten. Janna-Berta dachte beklommen an Uli, den Zweitkläßler. Ob er schon zu Hause angekommen war? Aber das Haus war leer!

»Traurig sehn die Kleinen nicht gerade aus«, sagte Lars. »Die freuen sich, daß sie schulfrei haben.«

»Hoffentlich geht er wirklich auf dem schnellsten Weg heim«, dachte Janna-Berta. »Wenn ich ihn auch noch suchen muß. . .«

Es war alles so schön geplant gewesen. Erst hatte Mutti gezögert, Uli bei Janna-Berta zu lassen. Aber Vati hatte gelacht und gesagt: »Sie wird doch zwei Tage lang ihren Bruder versorgen können. Sie ist schließlich bald fünfzehn!«

Und auch Uli hatte gedrängt. Er hatte geschworen, auf Janna-Berta zu hören, als ob sie die Mutter persönlich sei. Da hatte Mutti eingewilligt.

»Ich werde jeden Abend anrufen«, hatte sie angekündigt.

Und Vati hat wieder gelacht und gesagt: »Es sind ja nur zwei. Am Samstagabend sind wir schon wieder hier.«

Gestern, am Donnerstag, hatte auch alles wie am Schnürchen geklappt. Uli hatte schon nach der dritten Stunde ausgehabt. Den Haustürschlüssel hatte ihm Mutti an einem roten Lederband um den Hals gehängt, und er hatte ihn nicht verloren. Zu Hause hatte er gleich seine Schulaufgaben gemacht. Als Janna-Berta drei Stunden später heimgekommen war, hatte er schon

Kartoffeln geschält und den Tisch gedeckt gehabt. Am Abend hatte Mutti aus Jos Wohnung in Schweinfurt angerufen, und Janna-Berta hatte ihr berichten können, daß alles in bester Ordnung sei.

»Vergiß nicht, ihm sein Pausenbrot mitzugeben«, hatte Mutti noch gesagt. Und Kai hatte ins Telefon genuschelt, er habe mit Jo die Enten gefüttert. Zum Schluß war Jo am Telefon gewesen: Sie verstehe überhaupt nicht, warum sich Mutti solche Gedanken um Janna-Berta und Uli mache. Sie, Jo, habe schon mit dreizehn Jahren ihre drei jüngeren Geschwister versorgen müssen, als ihre Mutter zur Entbindung des fünften Kindes im Krankenhaus gewesen sei. Ihr Vater sei Soldat gewesen und habe keinen Fronturlaub bekommen.

Janna-Berta hatte Ulis Pausenbrot nicht vergessen, und heute wollten sie Reibekuchen machen. Das war Ulis Idee gewesen, denn Reibekuchen aß er für sein Leben gern. Ob er Angst hatte?

»Wie weit ist es eigentlich bis Grafenrheinfeld?« fragte Janna-Berta.

Einer schätzte siebzig, ein anderer achtzig Kilometer. Luftlinie. Eine lächerlich geringe Entfernung, das wußte Janna-Berta. War Tschernobyl nicht eintausendfünfhundert Kilometer entfernt gewesen?

»Du vergißt den Wind«, sagte Lars. »Es kommt alles auf den Wind an. Nur Südostwind kann uns gefährlich werden, und den haben wir hier so gut wie nie. Bei uns weht der Wind fast immer von Westen.«

»Und wie kam die verseuchte Luft von Tschernobyl zu uns?« fragte Janna-Berta.

Schweigen. Dann redeten sie von der Wirkung der Erdumdrehung und von höhergelegenen Luftströmungen.

»Wirklich blöd, daß mein Radio nicht funktioniert«, sagte Lars. »Die geben bestimmt alle fünf Minuten die Windrichtung durch.«

»Oder auch nicht«, bekam er zur Antwort. »Die werden erst mal alles dransetzen, eine Panik zu verhüten. Ich sag euch, was passiert: Wir kriegen in regelmäßigen Abständen zu hören, daß es keinen Grund zur Beunruhigung gibt und daß sie alles absolut unter Kontrolle haben. Motto: RUHE IST DIE ERSTE BÜRGERPFLICHT.«

»Warum halten wir nicht an und prüfen selber die Windrichtung?« fragte Janna-Berta.

Lars scherte auf den Parkstreifen vor den Hemmener Teichen aus, sprang aus dem Wagen und ließ sein Taschentuch flattern.

»Verdammte Scheiße, es *ist* Südostwind!«

Er stürzte in den Wagen, kurbelte die Fenster hoch und erzwang sich mit lautem Gehupe den Weg zurück auf die Landstraße, wo sich die Wagenkolonne nach Norden bewegte.

»Wenn das stimmt mit dem Südostwind«, sagte einer im Fond, »dann kann das Zeug in zwei Stunden hier sein.«

»Red kein Blech«, knurrte Lars.

»Blech? Zwanzig Minuten haben wir von Fulda hierher gebraucht – und wer weiß, wann die Scheiße passiert ist. Vielleicht schon vor Stunden! Dann sind wir hier längst eingedeckt –«

Stumm fuhren sie durch das Dorf Hartershausen. Ein Traktor mit einem leeren Güllewagen tuckerte vom Feld herein, eine Frau machte dem Fahrer aufgeregte Zeichen. Eine Gardine bewegte sich: Hier schien niemand seine Sachen zu packen.

Janna-Berta versuchte sich die Landkarte vorzustellen. Grafenrheinfeld mußte im Südosten liegen. Nein, Geographie war auch nie ihre starke Seite gewesen. Erst neulich hatte Vati nur den Kopf geschüttelt, als sie Erlangen im Odenwald vermutete. Ob sie sich blamierte, wenn sie fragte?

Sie fuhren durch Üllershausen, das letzte Dorf vor Schlitz. Hier schleppten Leute Koffer aus den Häusern und bepackten ihre Wagen. Gerade, als Janna-Berta zu ihrer Frage ansetzen wollte, kam die Antwort.

»Schweinfurt wird jetzt schon leer sein – vorausgesetzt, der Katastrophenschutz hat funktioniert.«

»Wieso Schweinfurt?« fragte Janna-Berta erschrocken.

»Du stellst Fragen«, antwortete Lars und kaute nervös an der Unterlippe. »Weil Schweinfurt direkt neben Grafenrheinfeld liegt – oder Grafenrheinfeld neben Schweinfurt, wie du willst.«

Janna-Berta hielt den Atem an.

»Wenn's ein SuperGAU war, kannst du den Katastrophenschutz vergessen«, hörte sie den Jungen hinter sich sagen. »Dann brauchen die in Schweinfurt nur noch Totengräber und Knochenmark-Transplantations-Spezialisten.«

»Nur in Schweinfurt? Bist du sicher?« sagte Lars düster.

»In Schweinfurt . . . in Schweinfurt sind heute meine Eltern«, sagte Janna-Berta.

Die vier Jungen verstummten.

Sie fuhren über die Pfordter Höhe. Janna-Berta dachte an ihre Eltern. An den Vater: dunkelbärtig, hager, braungebrannt, mit kleinen Lachfältchen, die sie so gern hatte, in den Augenwinkeln. An die Mutter: drei Zentimeter größer als er, blond und braunäugig, und so lachlustig. Und immer anders, als man's von ihr erwartete.

»Vielleicht haben sie noch rechtzeitig abhauen können«, sagte einer im Fond.

Glühendheiß wurde Janna-Berta bewußt, daß auch Kai in Schweinfurt war, der jüngste der Familie, noch keine drei Jahre alt. Kai, den alle so lieb hatten! Und Jo!

Etwas Ungeheuerliches schien geschehen zu sein. Und doch sah alles so friedlich aus wie immer: ein ganz gewöhnlicher warmer, windiger Frühlingstag. Die Kirschbäume waren schon fast verblüht. Nun standen rings um die Dörfer die Apfelbäume in Blüte. Die Rapsfelder leuchteten gelb. In zwei Wochen war Pfingsten.

»Lebt«, dachte Janna-Berta, »bitte lebt!«

Sie grub die Fingernägel in den Arm: Schmerz gegen Schmerz. Schon als kleines Mädchen hatte sie so den Bohrer des Zahnarztes ausgehalten.

Dann waren sie in Schlitz. Lars wohnte in einem der ersten Häuser. Seine Mutter stürzte dem Wagen entgegen und machte energische Haltezeichen.

»Lars kann euch jetzt nicht heimfahren!« rief sie.

Janna-Berta stieg aus. Sie war wie betäubt. Hinter ihr drängten sich die drei Jungen heraus und hasteten mit einem flüchtigen »Tschüs!« davon. Janna-Berta murmelte einen Dank, aber Lars rannte schon hinter seiner Mutter her.

Janna-Berta schaute hinauf zum Hang oberhalb der Stadt. Dort oben stand ihr Haus. Uli wartete wahrscheinlich schon auf sie. Zehn Minuten entfernt. Wenn sie lief, acht, vielleicht sieben. Sie rannte los.

2

Da lag es, spitzgiebelig, mitten im Grünen hinter der Birkengruppe. Die Sonne spiegelte sich im Fenster von Janna-Bertas Zimmer, darüber blühten – in diesem Jahr besonders üppig – die Geranien am Balkon der Großeltern. Oma Bertas Stolz.

Die Großeltern würden alles aus der Zeitung erfahren.

Uli erschien auf dem unteren Balkon und winkte. »Sie haben uns heimgeschickt!« rief er. »In der Luft soll Gift sein! Ganz viel Gift! Und Almut hat angerufen, wir sollen in den Keller gehen. Ich hab schon Kartoffeln gerieben!«

Aus der Balkontür tönte ernste Musik. Uli hatte das Radio angestellt. Janna-Berta lief den Steilhang hinauf, nahm immer mehrere Stufen auf einmal. Uli hielt ihr die Tür auf. Sie warf die Tasche weg und stürzte ins Wohnzimmer. »Die sagen dauernd was von einer Wolke«, berichtete Uli aufgeregt. »Und die Wolke, die ist giftig. Aber ich hab's nicht richtig mitgekriegt.«

Die Musik war so laut, daß ihn Janna-Berta kaum verstehen konnte. Sie lief in die Küche und drehte das Radio leiser.

»Ich weiß, was los ist«, sagte sie.

»So was war schon mal im Fernsehn«, sagte Uli. »Da war was explodiert, und dann . . .«

»Hat nur Almut angerufen?« unterbrach ihn Janna-Berta.

»Das Telefon hat noch mal geklingelt, aber da war ich im Keller, Kartoffeln holen. Wie ich wieder hochkam, war's schon weg.«

»Das war sicher Vati«, sagte Janna-Berta. »Oder Mutti. Warum bist du nicht hochgerannt?«

»Mit den ganzen Kartoffeln?«

»Du bist ein Schaf!«, schrie Janna-Berta.

»Wir wollten doch Reibekuchen machen«, sagte Uli vorwurfsvoll.

Janna-Berta lief ans Telefon und wählte Jos Nummer mit der Schweinfurter Vorwahl. Aber sie hörte nur das Freizeichen und ihren eigenen heftigen Atem. Uli wollte mithören. Sie stießen fast mit den Köpfen zusammen. Janna-Berta legte auf und wählte Almuts Nummer. Almut war ihre Lieblingsverwandte: Muttis jüngere Schwester. Lehrerin. Verheiratet mit Reinhard, der auch Lehrer war. Sie unterrichteten in Hammelburg, wohnten aber in Bad Kissingen. Unter ihrer Nummer meldete sich auch niemand. Natürlich, Almut und Reinhard waren ja um diese Zeit in der Schule.

Janna-Berta kam ein böser Verdacht: Lagen Hammelburg und Bad Kissingen nicht auch irgendwo südlich von Fulda? Jedenfalls wußte sie genau, daß sie immer über Fulda gefahren waren, wenn sie Almut besucht hatten.

Sie nahm den Atlas aus dem Bücherregal und blätterte hastig, bis sie die richtige Seite gefunden hatte.

»Ich geh Kartoffeln reiben«, sagte Uli, zog die Nase hoch und verschwand wieder in der Küche.

Janna-Berta beugte sich über den Atlas: Hammelburg und Bad Kissingen lagen nahe bei Grafenrheinfeld. Sie versuchte ihre Gedanken zu sammeln. Nur zwanzig Kilometer! Almut hatte angerufen und geraten, in den Keller zu gehen. Hockte sie nun selber im Keller? Almut erwartete ein Kind.

»Sie sagen wieder was!« rief Uli aus der Küche.

Janna-Berta lief hinüber. Uli drehte an den Knöpfen des Radios.

Mit ungeheurer Lautstärke dröhnte es durch die Wohnung: *»Der Katastrophenstab für den Regierungsbezirk Unterfranken/Würzburg gibt folgende Anordnung bekannt: Durch den bereits gemeldeten Unfall im Kernkraftwerk Grafenrheinfeld wurde vor-*

*übergehend Radioaktivität freigesetzt. Dadurch sind in einigen Gebieten der näheren Umgebung des Kernkraftwerkes Vorsichtsmaßnahmen für die Bevölkerung unumgänglich. Die Bevölkerung wird zur sofortigen Räumung folgender Ortschaften aufgefordert –«**

»Was sagt er?« fragte Uli.

»Sei doch still!« rief Janna-Berta.

Sie hörte das Wort Schweinfurt. Auch Bad Kissingen und Hammelburg wurden genannt. Eine Reihe anderer Ortsnamen folgte. Sie stellte das Radio wieder leiser. Am Knopf klebten Raspeln roher Kartoffeln.

»*Kraftfahrzeugbesitzer werden gebeten, ältere oder gehbehinderte Nachbarn und Mütter mit Kleinkindern bis zur nächsten Kontrollstelle mitzunehmen* . . .«, hörte Janna-Berta. Und dann: »*Wer nicht motorisiert ist, begibt sich auf kürzestem Weg zur nächsten Schule, Sporthalle, Gemeindehalle, Kirche oder einem anderen Versammlungsraum und wartet auf die Abholung. Beim Verlassen der Wohnung sollten Sie nur das Notwendigste mitnehmen! Dazu gehören . . .«**

Bayern 3. Janna-Berta versuchte, einen hessischen Sender zu finden. Als die Stimme des Ansagers verstummte, dröhnte von draußen, durch die offene Balkontür, der Lautsprecher eines Polizeiwagens. Uli rannte schon auf den Balkon, Janna-Berta ihm nach. Sie beugten sich über die Brüstung. Der Wagen fuhr die Bahnhofstraße entlang, sie konnten ihn genau sehen.

»*Achtung, Achtung, hier spricht die Polizei! Innerhalb des Kernkraftwerks Grafenrheinfeld bei Schweinfurt hat sich heute gegen zehn Uhr ein kerntechnischer Unfall ereignet. Die Bevölkerung von Schlitz wie des gesamten Vogelsbergkreises wird zum Schutz ihrer Gesundheit dringend gebeten, sich sofort in geschlossene Räume zu begeben und alle Türen und Fenster zu schließen.*

* Die kursiv gesetzten und mit einem Sternchen gekennzeichneten Passagen sind, nur leicht geändert, amtlichen Entwürfen von Katastrophenschutzplänen entnommen.

Schalten Sie Lüftungs- und Klimaanlagen ab. Essen Sie vorerst möglichst nur im Hause vorhandene Konserven aus Dosen, Gläsern oder sonstigen staubdichten Verpackungen! Schließen Sie Ihre Haustiere sofort in Wohnung oder Stall ein. Verfüttern Sie an Haustiere nur in Haus, Scheune oder Stall gelagerte Futtermittel. Schalten Sie Ihr Rundfunk- oder Fernsehgerät ein. Informieren Sie Ihre Mitbewohner im Haus. Dies sind vorsorgliche Maßnahmen! Es besteht deshalb kein Anlaß zur Beunruhigung. Bleiben Sie ruhig und besonnen. Über etwaige notwendige weitere vorsorgliche Schutzvorkehrungen werden Sie unterrichtet . . .«*

Der Lautsprecher verstummte.

»Das hat Almut auch gesagt«, rief Uli. »Wir sollen in den Keller gehen und alle Türen und Fenster zumachen. Aber die anderen fahren alle weg!«

Er zeigte hinunter auf das Städtchen. Lärm hallte herauf. Wagen stauten sich an den Einmündungen zur Bahnhofstraße und hupten. Wo die Straße aus Fulda auf die Bahnhofstraße stieß, hatte sich eine Schlange gebildet. Vor der Kreissparkasse waren zwei Wagen aufeinandergeprallt. Janna-Berta hörte Geschrei. Aber es gab keinen Auflauf. Auch auf der Abzweigung nach Lauterbach hatte es eine Karambolage gegeben. Die Wagen umfuhren die Unglücksstellen, schaukelten über den Bürgersteig. Die Straße nach Westen, nach Lauterbach hinüber, war stark belebt. Aber der stärkste Verkehr rollte nach Norden. Offensichtlich versuchten viele, auf die Autobahn Kassel–Würzburg zu kommen.

Unten, gegenüber der Garage, stiegen Soltaus in ihren Wagen. Der war vollgestopft mit Gepäck. Auf dem Rücksitz saß, eingezwängt zwischen Taschen und Kartons, die alte Frau Geibert. Frau Soltau streckte den Kopf aus dem Seitenfenster.

»Ihr wollt doch nicht etwa dableiben?« rief sie herauf. »Das Zeug kann jeden Augenblick hier sein!«

»Fenster zu!« hörte Janna-Berta Herrn Soltau brüllen.

Frau Soltau zog den Kopf zurück, das Fenster schloß sich, der Wagen rollte abwärts und verschwand hinter der Hangmauer.

»Warum fahren sie weg?« fragte Uli.

»Sie haben Angst«, antwortete Janna-Berta.

»Wir auch?« fragte Uli.

Janna-Berta schluckte. »Nein«, sagte sie, ohne Uli anzusehen.

Sie versuchte, ihre Lage zu überdenken. Sie besaßen nur Fahrräder. Konnten sie auf ihnen dem Südostwind entkommen? Sie beobachtete die Lärchenzweige im Nachbargarten. Sie hoben und senkten sich. Der Wind hatte nicht nachgelassen. Aber vielleicht hatte er sich gedreht? Sie hob ihr Taschentuch. Es flatterte noch immer nach Nordwest. Etwas mehr nach Norden als nach Westen.

Atombunker kamen ihr in den Sinn. Vielleicht sollten sie sich doch im Keller einrichten?

»Bleiben wir da oder fahren wir weg?« drängte Uli. »Wenn wir dableiben, geh ich die Kartoffeln fertigreiben. Ich hab Hunger –«

Almut hatte geraten, in den Keller zu gehen, und die Polizei auch. Der Vorratskeller der Großeltern war wahrscheinlich der beste Raum dafür. Er lag an der rückwärtigen Mauer des Hauses, tief im Berghang. Oma Berta hatte dort ganze Reihen von Konservendosen, vollen Weckgläsern und Marmeladengläsern stehen, auch Unmengen von Mehltüten, Milchpulverbüchsen, Zuckersäckchen, Nudelpackungen, von allem, was eßbar und haltbar war. Sie achtete immer genau darauf, daß keine Lücken entstanden. Opa Georg behauptete, sie hätte einen Eichhörnchenkomplex. Und Vati hatte Janna-Berta einmal erklärt, seine Mutter habe sich die Horterei im letzten Weltkrieg angewöhnt. Damals sei das auch richtig und notwendig gewesen.

Janna-Berta warf einen Blick auf ihre Uhr. Zwölf Uhr zwei. Seit sie die Schule verlassen hatte, waren dreiundsechzig Minuten vergangen.

»Wir bleiben hier«, sagte sie entschlossen. »Im Keller.«

Uli nickte und wollte in die Küche zurück. Janna-Berta erklärte ihm, daß jetzt keine Zeit zum Kartoffelreiben blieb, und ließ ihn Besteck und Geschirr für den Keller zusammensuchen. Sie selber lief durchs ganze Haus und schloß Türen und Fenster. Oma Bertas Vorratskeller hatte kein eigenes Fenster, sondern nur eine Luke zum Nachbarkellerraum. Dessen Fenster schloß sie sorgfältig.

Uli hatte das Radio in der Küche wieder auf volle Lautstärke gedreht. Bis in den Keller schallte eine neue Durchsage: »*An alle Einwohner Nordbayerns und Osthessens: Bitte verlassen Sie Ihren Wohnort nicht, solange die zuständigen Behörden Sie nicht dazu auffordern! Alle ernstlich gefährdeten Bezirke werden evakuiert. Wer unaufgefordert flüchtet, stört den reibungslosen Ablauf des Verkehrs und damit auch die Evakuierungsmaßnahmen. Die Polizeiorgane sind angewiesen, gegen alle Zuwiderhandlungen drastisch vorzugehen, um die Verkehrswege für eine geordnete Evakuierung freihalten zu können. Ruhe ist die erste Bürgerpflicht. Handeln Sie mit Verantwortungssinn!*«*

»Schalt aus«, rief Janna-Berta hinauf, »sonst hören wir das Telefon nicht klingeln!«

Uli schaltete das Radio aus, stülpte sich eine Schüssel auf den Kopf und trug einen Henkeltopf, voll mit Messern, Gabeln, Löffeln und einem Büchsenöffner, in den Keller. Janna-Berta hastete in Ulis Zimmer, riß Jeans aus dem Schrank, Unterwäsche, T-Shirts, zwei Pullover, stopfte sie in eine große Plastiktüte, klappte Ulis Bett auf, zerrte Steppdecke und Kopfkissen heraus und schleppte alles treppab bis zur Tür von Oma Bertas Keller. Dann rannte sie wieder hinauf und schleifte Ulis Matratze hinunter, fieberhaft überlegend, was sie beide da unten außer Bettzeug, Kleidung und Essen noch brauchen würden. Kerzen? Es konnte einen Stromausfall geben. Ein paar Bücher. Memory und Malefiz. Spielzeug für Uli, vor allem seinen Teddybär. Ohne ihn weigerte er sich zu schlafen. Wasser – wie war es mit Wasser?

Atemlos holte sie auch ihr Bettzeug. »Und wenn wir mal müssen?« rief Uli vom Keller herauf, wo er seine Matratze neben Oma Bertas Kartoffelkiste schleifte und seine Daunendecke darüberbreitete.

Daran hatte Janna-Berta noch nicht gedacht. Konnten sie dazu in die Wohnung hinaufgehen? Oder sollte sie einen Eimer mit Deckel in den Kellerraum stellen? Würden sie es aushalten in dem Gestank? Da schrillte das Telefon. Janna-Berta stürzte ins Wohnzimmer. Es war Frau Jordan, die Nachbarin.

»Seid ihr denn allein, um Himmels willen?« fragte sie. »Ich hab euch auf dem Balkon gesehen. Wir fahren gleich. Kommt rüber, wir haben noch Platz.«

»Nein«, sagte Janna-Berta. »Wir sollen hierbleiben. Wir gehen in den Keller.«

»Sagen das eure Eltern?« fragte Frau Jordan. »Die müssen ja wissen, was sie tun.«

Sie legte auf.

»Jetzt ist sie eingeschnappt«, dachte Janna-Berta.

Kaum war sie wieder im Treppenhaus, schrillte das Telefon noch einmal. Es war Mutti.

»Janna-Berta!« rief sie mit einem ungewohnten Unterton in der Stimme. »Bist du's? Gott sei Dank – ich hab schon zweimal angerufen, aber es hat sich niemand gemeldet –«

»Ich bin gerade erst heimgekommen«, antwortete Janna-Berta. »Sollen wir wirklich im Keller bleiben? Die andern fahren alle weg!«

»Nein«, schrie die Mutter, »nicht in den Keller, dort seid ihr nicht sicher! Es dringt überall ein. Ihr müßt so schnell wie möglich weg. Fahrt mit Soltaus –«

»Die sind schon fort«, sagte Janna-Berta.

»– oder mit Jordans oder Hofmanns oder Manholts! Ruf sie an und bitte sie drum, euch mitzunehmen. Sie tun's bestimmt! Sie wissen nicht, daß ihr allein daheim seid, sonst hätten sie euch schon geholt.«

»Gut, Mutti, ich ruf sie an«, sagte Janna-Berta. »Und wo treffen wir euch wieder?«

»Nimm das grüne Adreßheft aus meinem Schreibtisch«, sagte die Mutter. »Dort sind alle Adressen und Telefonnummern drin. Helga in Hamburg ist die erste Kontaktadresse, hörst du? Und nimm Geld mit, damit ihr euch nicht alles schenken lassen müßt. In der linken Schreibtischschublade! Jetzt mach, ihr müßt weg! Mein Kleingeld ist auch gleich alle.«

»Rufst du nicht von Jo an?« fragte Janna-Berta erstaunt.

»Wir sind am Bahnhof und warten auf den Abtransport«, sagte die Mutter. »Sie haben Sonderzüge eingesetzt. Mit dem nächsten oder übernächsten kommen wir fort.«

Janna-Berta hörte Kai weinen.

»Und Vati?« fragte Janna-Berta. Sie spürte, wie ihr Herz zu klopfen begann.

»Er war auf der Tagung, als es losging«, antwortete die Mutter hastig. »Hier kann er uns nicht finden. Er ist sicher längst abgefahren.«

»Und Jo?« rief Janna-Berta.

»Frag doch nicht so viel, Kind, das kostet alles Zeit!« schrie die Mutter. Ihre Stimme überschlug sich. »Jo ist irgendwo im Rotkreuzeinsatz. Sie haben sie gleich nach dem Alarm gerufen. Hier geht alles drunter und drüber –«

»Aber die Wolke ist doch längst über euch!« schrie Janna-Berta zurück.

»Fahrt los!« schrie die Mutter. »Fahrt, um Gottes will –«

Da brach das Gespräch ab. Im Hörer rauschte es. Janna-Berta hielt ihn noch eine Weile ans Ohr gepreßt. Dann legte sie auf.

»Und?« fragte Uli, der ganz verschwitzt aus dem Keller kam. »Wer war's?«

»Mutti«, sagte Janna-Berta. »Es geht ihnen gut. Sie sagt, wir sollen nicht im Keller bleiben. Wir sollen mit irgend jemand wegfahren.« Sie lief hinaus auf den Balkon und beugte sich übers Geländer. Jordans waren weg. Erleichtert kehrte sie zum Telefon zurück und rief Manholts an. Aber niemand meldete sich.

»Und wozu haben wir das ganze Zeug runtergeschleppt?« schimpfte Uli.

Janna-Berta rief Hofmanns an. Tina Hofmann meldete sich. Tina war in der Grundschule Janna-Bertas Klassenkameradin gewesen.

»Wir bleiben hier«, sagte Tina. »Im Keller. Kommt doch zu uns! Soll ich dir meine Mutter geben?«

Aber Janna-Berta wollte nicht mit Tinas Mutter sprechen. Sie verabschiedete sich knapp und warf den Hörer auf die Gabel.

»Wir fahren allein los«, sagte sie entschlossen. »Mit dem Rad.«

Ulis Miene hellte sich auf. Er fuhr gern Rad. Janna-Berta ließ ihn die Plastiktüte mit seinen Kleidern aus dem Keller holen und seine Jacke anziehen, schüttete ihre Schultasche aus, stopfte eine Hose aus ihrem Kleiderschrank, ein T-Shirt und eine Handvoll Unterwäsche hinein, dann ein frisches Paket Schnittbrot und eine Packung Käsescheiben aus dem Kühlschrank. In die vordere Reißverschlußtasche schob sie Muttis Geldbörse und das Adreßheft. Zu Ulis Teddybär, den er entschlossen umarmt hielt, nickte sie resigniert. Ohne ihn würde Uli wohl nicht mitkommen. Sie schloß noch schnell die Balkontür, dann nahm sie ihre Jacke und verließ mit Uli das Haus. Sie trieb ihn zur Eile an.

Sie liefen die Treppe hinunter und schoben ihre Räder aus der Garage. Janna-Berta klemmte Plastiktüte, Bär und Jacke auf Ulis Gepäckträger und die Tasche auf ihren eigenen, dann fuhren sie los.

»Bleib immer dicht hinter mir!« rief sie Uli zu.

Sie warf einen Blick auf ihre Armbanduhr. Es war zwölf Uhr und vierundvierzig Minuten. Seit dem Alarm waren nicht einmal zwei Stunden vergangen, und doch kam es ihr vor wie eine Ewigkeit.

Noch bevor der Hangweg in die nächste Straße mündete, rief Uli aufgeregt: »Und wer füttert jetzt Coco?«

Coco war Opa Hans-Georgs Wellensittich. Sein Käfig hing im Wohnzimmer der Großeltern. Uli hatte ihnen fest versprochen, Coco während ihrer Mallorca-Reise gewissenhaft zu füttern und zu pflegen. Das hatte er bisher auch getan. Sogar an diesem Vormittag, vor dem Kartoffelreiben.

»Niemand«, rief Janna-Berta zurück. »Der ist jetzt auch nicht wichtig.«

»Natürlich ist er wichtig!« rief Uli empört.

Und schon bremste er, sprang vom Fahrrad und drehte um.

»Bleib hier!« schrie Janna-Berta. Sie holte ihn ein und herrschte ihn an: »Du bleibst hinter mir, hörst du! Du hast ja keine Ahnung, du Blödmann!«

Uli brach in Tränen aus. Aber er stieg wieder aufs Rad und folgte ihr.

3

Sie hatten Mühe, die Bahnhofstraße zu überqueren. Zwar war in Richtung Süden die Fahrbahn fast leer, aber auf der anderen jagte ein Wagen den anderen. Janna-Berta hielt den nächstbesten an, damit Uli sicher die andere Straßenseite erreichen konnte. Der Fahrer hupte unwillig. Janna-Berta kannte ihn: Es war Herr Miltner. Im Tischtennisclub hatte er die Anfänger trainiert. Ein freundlicher und geduldiger Mann. Jetzt starrte er böse aus dem Wagenfenster, als er an den Kindern vorüberschoß.

Es war nicht einfach, mit kaum einem Meter Abstand an der Wagenkolonne entlangzufahren. Die Leute am Steuer schlugen keine vorsichtigen Bogen um die Radler, denn links von ihnen rasten hupend die Überholer vorbei. Janna-Berta ließ Uli vor sich herfahren, um ihn im Auge zu haben.

In Hutzdorf, gleich hinter Schlitz, waren die Seitenstraßen wie leergefegt. Ein paar Wagen reihten sich in die Kolonne auf der Hauptstraße ein. Ein Hund lief bellend neben einem dieser Wagen her. Der Wagen verschwand in der Ferne, und das Tier gab, jämmerlich jaulend, die Verfolgungsjagd auf. Uli mußte scharf bremsen, um es nicht zu überfahren. Er wollte den Hund streicheln, aber der schnappte nach ihm, und Janna-Berta trieb zur Eile an.

»Wie mit Coco. Genau wie mit Coco«, sagte Uli, und Janna-Berta sah, daß ihm wieder die Tränen kamen.

Sie begegneten vielen Bekannten. Kinder riefen aus den offenen Wagenfenstern: »Hallo, Janna-Berta! Hallo, Uli!« Die Heimbachs, die Eggelings, die Schmidts, die Trettners fuhren an den beiden vorüber.

»Janna-Berta!« rief Frau Trettner herüber. »Wo sind eure Eltern? Ihr könnt doch nicht allein –!«

Janna-Berta sah noch, wie sie auf ihren Mann einredete.

Da fuhren der Zahnarzt, der freundliche Sparkassenbeamte, die Verkäuferin aus dem Metzgerladen, die Uli und Kai immer eine Wurstscheibe schenkte, wenn die Mutter dort mit ihnen einkaufte. Ulis Lehrerin winkte. Auch der Briefträger fuhr vorbei – diesmal nicht im gelben Postauto, sondern in seinem eigenen Wagen. Manche schauten weg, wenn sie die beiden erkannten, andere hoben bedauernd die Schultern. Da gab es keine leeren Plätze mehr. Die Autos waren bis oben hin zugepackt.

Vor einer Tankstelle standen Autos in einer Doppelreihe Schlange. Die Sonne strahlte vom wolkenlosen Himmel. Es war fast sommerlich warm. Uli klagte über Durst. Janna-Berta ließ ihn zwischen Hutzdorf und Queck aus einem Graben trinken. Ob das Wasser sauber war oder nicht, was machte das jetzt noch aus? Sie selber trank auch. Sie tranken aus den hohlen Händen und näßten sich das Gesicht.

»Los, beeil dich«, drängte Janna-Berta.

»Ich seh aber noch keine Wolke«, sagte Uli mißmutig, stieg wieder aufs Rad und strampelte weiter.

Wagen hinter Wagen. Bekannte Kennzeichen aus der Nachbarschaft: Fulda, Vogelsberg, Bad Neustadt an der Saale, Bad Kissingen, hin und wieder auch Schweinfurt. Personenwagen, Lastwagen, Busse und Motorräder. Einmal zog ein Polizeihubschrauber über die Straße weg. Die Autoradios quäkten durch die geschlossenen Fenster.

Ein alter Golf fiel Janna-Berta auf: Auf dem Dachgepäckträger war ein Nachtstuhl festgezurrt. Oma Berta hatte so einen Nachtstuhl benutzt, als sie im Krankenhaus gewesen war. Janna-Berta versuchte einen Blick ins Wageninnere zu werfen, aber die Scheiben spiegelten, und der Wagen fuhr zu schnell.

Queck, Rimbach, Oberwegfurth – kleine Dörfer in einer friedlichen Landschaft. Das Fuldatal – eine ebene Strecke, angenehm zu fahren. Aber schon hinter Rimbach begann Uli müde zu werden. Janna-Berta mußte ihn immer wieder zu schnellerer Fahrt antreiben. Es war ein Uhr fünfundzwanzig.

»Ich muß mal ausruhen«, bat Uli. »Nur fünf Minuten. Mir tun die Knie so weh. Außerdem hab ich Hunger.«

Janna-Berta hetzte ihn weiter, bis er auf halber Strecke zwischen Rimbach und Oberwegfurth zu weinen anfing. Sie hatten noch nicht einmal die Hälfte der Strecke nach Bad Hersfeld geschafft. Dort, so hatte sich Janna-Berta überlegt, wollte sie mit Uli in einen Zug einsteigen. Sie wußte, daß von dort ein Intercity durchfuhr bis Hamburg. In Hamburg lebte Helga, Vaters Schwester.

»Du bist eine Heulsuse«, sagte Janna-Berta. Doch dann erlaubte sie ihm fünf Minuten Rast und packte Schnittbrot und Käse aus. Uli sprang vom Rad, ließ es ins Gras kippen und warf sich daneben. Sie reichte ihm eine Scheibe Brot mit Käse. Er würgte alles hinunter, während sie neben ihm stand und ihm nervös zusah.

»Mach schneller!« drängte sie. Sein Haar war strubbelig, sein Gesicht schmutzig von Schweiß und Staub. Und es schien, als wolle er gleich einschlafen. Die Augen fielen ihm fast zu.

Janna-Berta warf einen Blick auf den südlichen Himmel. Dann fiel ihr auf, daß die Wagen hinter ihrem Rücken plötzlich viel langsamer fuhren. Auch Uli hob den Kopf.

»Stau«, sagte er.

»Komm«, rief Janna-Berta, »jetzt sind wir die Schnelleren. Die werden gucken, wenn wir an ihnen vorbeiradeln.«

Uli war von dem Gedanken begeistert. Er schwang sich aufs Fahrrad und trat mit Schwung in die Pedale. Janna-Berta konnte ihm kaum folgen. Er grinste stolz in die Gesichter hinter den Wagenfenstern. Die Kolonne wurde immer langsamer, fuhr schließlich nur noch im Schrittempo. Eine Mutter schimpfte mit einem Jungen in Ulis Alter, der darauf die Tür aufstieß und während der Fahrt hinauspinkelte. Ein Fahrer drohte einem anderen, der überholt hatte und sich nun wieder einreihen wollte. Eine Frau kurbelte das Fenster herunter, deutete aufgeregt in den südlichen Himmel und schrie: »Dort kommt's! Dort kommt's!« Dann behauptete sie, da sei irgendein fremder Geruch. Säuglinge plärrten, Frauen drückten ihre Kinder an sich. In einem Wagen wurde gebetet.

Als Janna-Berta und Uli sich dem Dorfeingang von Oberwegfurth näherten, kam wieder Bewegung in die Kolonne: Wagen scherten nach rechts aus und rasten über die Fuldabrücke, um dann, am jenseitigen Talhang, wieder nach Norden einzuschwenken. Janna-Berta kannte das Tal genau. Sie gehörte den Bad Hersfelder Pfadfindern an. Seit zwei Jahren fuhr sie die Strecke jeden Freitagnachmittag mit dem Bus, an nicht zu heißen Sommertagen auch mit dem Fahrrad.

»Fahren wir auch über die Brücke?« rief Uli zurück.

Janna-Berta verneinte. Die Landstraße, die am gegenüberliegenden Talhang nach Norden führte, war sehr schmal. Dort würden sie von den Autos in den Straßengraben gedrückt.

Auf der Schlitzerländer Straße hatten sich jetzt zwei Kolonnen gebildet, die nebeneinander im Traktortempo dahinfuhren. Es gab keinen Gegenverkehr mehr. Wer wollte auch nach Süden, der Wolke entgegen?

Die Kinder holten den Nachtstuhl ein. Diesmal stand er am Straßenrand. Eine alte Frau in einem geblümten Morgenmantel saß darauf, eine jüngere beugte sich über sie und versuchte sie vor neugierigen Blicken zu schützen. Im Stuhl hing kein Eimer. Die alte Frau stöhnte.

Zwischen Oberwegfurth und Unterwegfurth fiel Ulis Teddy vom Gepäckträger. Es dauerte eine Weile, bis Janna-Berta ihn wieder festgeklemmt hatte. Heimlich verwünschte sie das grinsende Plüschvieh.

Dann kam schon die Autobahnbrücke, die das Fuldatal überquerte, in Sicht. Aber Janna-Berta und Uli sahen nicht hinüber. Sie waren damit beschäftigt, Wagen wiederzuerkennen, die vor einer guten Weile an ihnen vorbeigerauscht waren. Kurz hinter Unterwegfurth überholten sie den Besitzer des Supermarkts, den Briefträger, Ulis Lehrerin, die Verkäuferin aus dem Metzgerladen.

»Seid ihr beiden allein unterwegs?« fragte die Lehrerin aus einem schmalen Fensterspalt.

Als Uli nickte, rief sie: »Kommt! Wenn ihr euch auf die Koffer setzt und die Köpfe einzieht, könnte es gehen.«

»Nein«, rief Uli zurück. »So kommen wir schneller voran!«

Dort, wo die Straße aus dem Schlitzer Ländchen auf die Bundesstraße 62 stieß, begriff Janna-Berta, warum der Verkehr so zäh floß: Bis hierher reichte die Doppelschlange, die sich vor der Autobahnauffahrt staute. Als sie zur Autobahnbrücke hinübersah, entdeckte sie, daß dort nur Einbahnverkehr herrschte: Auf der Fahrbahn, die über Fulda und an Schweinfurt vorbei nach Würzburg führte, kroch der Verkehr in der falschen Richtung.

»Schau zur Brücke!« rief sie Uli zu. »Lauter Geisterfahrer!«

Wo die Autobahnauffahrt von der B 62 abzweigte, versuchten ein paar Polizisten, Ordnung zu schaffen. Aber nur wenige Fahrer folgten ihren Anweisungen. Die Beamten, die schimpfend und gestikulierend zwischen den Wagen herumhasteten, wirkten lächerlich. Janna-Berta wunderte sich: Bisher hatte sie die Polizisten nie so gesehen. Sie hatte immer großen Respekt vor ihnen gehabt.

Auf der Autobahnauffahrt bewegte sich so gut wie nichts. Dicht an dicht fuhren oben die Wagen und gaben nur selten einem, der von unten kam, den Weg frei. Unten an der Abzweigung wurde das Chaos immer schlimmer. Eine Frau am Steuer eines kleinen Fiat, der seitlich abgedrängt worden war, schrie verzweifelt. Drei Kinder auf dem Rücksitz schrien mit. Zwei andere Wagen standen ineinander verkeilt. Aber niemand kümmerte sich darum. Offensichtlich waren sie von ihren Besitzern im Stich gelassen worden. Wer auf die Autobahn wollte, mußte die Wracks umfahren.

Uli blieb stehen und gaffte. Als Janna-Berta ihn antreiben wollte, wurde er wütend.

»Siehst du vielleicht 'ne Wolke?« rief er. »Laß mich in Ruh!«

»Das Gift ist unsichtbar«, sagte Janna-Berta. »Also *kann* man sie nicht sehen.«

Uli warf einen mißtrauischen Blick in den Himmel, dann stieg er auf, und sie fuhren weiter.

Ein paar Wagen, die schon in die Autobahnauffahrt eingebogen waren, wendeten nun auf der Hangwiese und fuhren in Richtung Bad Hersfeld. Die Straße nach Niederaula war breit und eben, eine richtige Rennstrecke. Aber auch hier fuhr man kaum noch schneller als fünfzig. Zweispurig kroch die Kolonne nordwärts. Dann bildete sich eine dritte Spur. Ein einsamer Ford, der aus Niederaula südwärts strebte, mußte halb aufs Bankett.

Janna-Berta behielt Uli im Auge. Er fuhr immer langsamer und machte gefährliche Schlenker. Er tat ihr leid. Wie er schwitzte! Jetzt wehte nur noch eine sanfte Brise, die Luft war schwül. Unter den Achseln und am Rücken war Ulis Hemd durchnäßt. Die Jacke hatte er längst auf den Gepäckträger geklemmt.

Kurz vor Niederaula sah Janna-Berta, wie die Leute die Köpfe aus den Seitenfenstern streckten. Sie riefen sich eine neue Schreckensmeldung zu: Im Süden kam ein Gewitter auf, das hinter ihnen herzog. Und eben war gemeldet worden, daß die ganze vermutliche Fallout-Fläche zwischen Grafenrheinfeld und Bad Hersfeld in einem Gürtel von fünfzig Kilometern Breite evakuiert werde. Eine reine Vorsichtsmaßnahme, hieß es, um jedes Risiko auszuschließen.

»Da hast du's!« rief Uli und zeigte nach Süden: »Man sieht sie *doch*!«

Aus den Rufen und den Radiomeldungen, die sie im Vorüberfahren aufschnappen konnte, machte sich Janna-Berta ein Bild der Lage.

»Reine Vorsichtsmaßnahme?« hörte sie einen jungen Mann sagen. »Daß ich nicht lache! Wahrscheinlich hat uns das Zeug längst eingeholt.«

»Ich glaub gar nichts mehr«, rief eine Frau auf dem Anhänger eines Traktors. Ein paar Kinder kauerten auf Gepäckbergen um sie herum. Als der Anhänger an Janna-Berta und Uli vorüberkam, rief ihnen die Frau zu: »Seid ihr allein? Kommt rauf, für zwei ist noch Platz!«

Janna-Berta dankte und schüttelte den Kopf. Auf den Rädern waren sie jetzt besser dran. Und sie wußte ja auch nicht, wo die Traktorleute hinwollten. Sie und Uli hatten ein festes Ziel: den Bahnhof von Bad Hersfeld.

In Niederaula ging es zu wie in einem aufgescheuchten Ameisenhaufen. Überall in den Seitenstraßen wurde Gepäck in die Wagen geschleppt, Männer schraubten Dachgepäckträger fest, Kinder wieselten aufgeregt herum. Vor einem Haus sah Janna-Berta einen VW-Bus stehen, dessen Dach vollgepackt war mit Koffern und Federbetten. Zwei Männer und mehrere Kinder schnürten das Gepäck fest, eine Frau schleppte ein halbes Schwein in den Bus. Janna-Berta mußte an Gastarbeiter denken. Aber die da um den Bus beschäftigt waren, sprachen Deutsch. Immer wieder starrten sie in den Himmel.

Dann schrie Uli plötzlich auf: In einem Vorgarten erschoß ein Mann einen Collie.

Vor der Tankstelle am Ortsausgang hatte sich eine Wagenschlange auf dem Bürgersteig gebildet. Janna-Berta und Uli mußten absteigen, um durchzukommen. Vor der Zapfsäule prügelten sich zwei Männer. Uli traute sich nicht an ihnen vorbei. Janna-Berta packte seine Lenkstange und zog ihn mit.

Vierzehn Uhr acht. Noch zwei Dörfer und ein Gutshof lagen zwischen Niederaula und Bad Hersfeld. Janna-Berta trieb Uli weiter. Aber ihr kamen Zweifel, ob er die ganze Strecke schaffen würde. Vielleicht würde ihr nichts anderes übrigbleiben, als sein Fahrrad zurückzulassen und ihn bei sich auf den Gepäckträger zu nehmen? Später, im Zug, konnte er schlafen, soviel er wollte.

»Du fährst viel besser, als ich dachte«, rief sie ihm zu. »Ich hätte dir die lange Strecke nie zugetraut.«

Sie log nicht. Er war klein für sein Alter, und er war oft krank. Erst seit er in die Schule gekommen war, hatte er etwas Farbe bekommen. Aber er hatte einen starken Willen.

»Pah!« sagte er und trat wieder schneller in die Pedale.

Janna-Bertas Hoffnung wuchs. Nur noch die zwei Dörfer und der Eichhof. Schon konnte man auf den Hügeln in der Ferne die ersten Häuser von Bad Hersfeld sehen. Sie drehte sich um. Der südliche Horizont hatte sich verfinstert.

»Wenn wir's nicht schon erwischt haben«, brüllte ein Motorradfahrer seinem Mitfahrer über die Schulter zu, »dann kommt's mit dem Gewitter – aber dicke!«

Als die Kinder Beiershausen erreichten, fuhren die Wagenkolonnen neben ihnen im Schrittempo. Die Motorräder wichen auf die Feldwege aus und rasten zwischen Weiden und Äckern dahin. Ein paar Männer schoben einen Wagen von der Straße in den Graben, während der Besitzer des Wagens sich von der anderen Seite dagegenstemmte. »Nur einen Liter!« schrie er verzweifelt. »Mit einem Liter komm ich bis zur nächsten Tankstelle!«

Dann war das Hindernis aus dem Weg geräumt, die Männer stiegen in ihre eigenen Wagen und fuhren weiter. In dem Wagen, der nun halb im Graben stand, saßen zwei alte Frauen. Janna-Berta drehte sich noch ein paarmal um. Sie sah, wie der Mann den Frauen aus dem Wagen half und mit ihnen zu Fuß weiterging.

Auch auf der anderen Straßenseite entdeckte sie zwei abgestellte Wagen. Sie waren leer. Und kurz hinter Beiershausen ließ eine Familie ihren Wagen mitten auf der Fahrbahn stehen und stieg in einen anderen um, in dem Freunde oder Verwandte sitzen mußten. Die nachfolgenden Fahrer schimpften hinter den Flüchtenden her.

Janna-Berta dachte an ihre Mutter und an Kai. Ob sie jetzt schon im Zug saßen? Im Zug sitzen und ausruhen können und wissen: Wir sind gerettet! Und Jo? Die war nun schon seit Stunden in ihrer weißen Krankenschwesterntracht zugange. Oder hatte sie nicht einmal Zeit gehabt, sich das Weiß anzuziehen? Vielleicht trug sie nur die Rotkreuzbinde am Arm. Und bestimmt vergaß sie, auf ihre eigene Sicherheit zu achten.

Janna-Berta mußte an eine Demonstration in Biblis denken: Eine Einheimische hatte mit aufgestütztem Kinn im offenen Fenster gelegen und die Demonstranten bespöttelt. Da hatte die Mutter ihr zugerufen: »Und wenn eines Tages das große Sterben über Sie hereinbricht – werden Sie dann auch noch so im Fenster liegen?«

Das große Sterben. Janna-Berta versuchte es sich vorzustellen. Sie hatte Bilder von Hiroshima gesehen, hatte von Haarausfall, von Blutungen und Wucherungen, von Leukämie und unstillbarem Brechreiz gehört. Von all diesen Schrecklichkeiten erschien ihr der Haarausfall am schrecklichsten: sich mit einem Kahlkopf neugierigen und mitleidigen Blicken aussetzen müssen!

War Jo jetzt schon mitten im »großen Sterben«? Starben die Leute unter ihren Händen? Starb sie selbst? Janna-Berta versuchte sich einen Grabstein mit dem Namen JOHANNA HELBERT vorzustellen. Oder JO HELBERT? Oder JANNA HELBERT? Als Jo noch ganz jung gewesen war, hatte sie einen Freund gehabt. Der hatte sie Janna genannt. Er war ihr erster Freund gewesen. Sie hatten vorgehabt, nach dem Krieg zu heiraten, aber im letzten Kriegsmonat, im Mai fünfundvierzig, war er gefallen.

Nein, Janna-Bertas Phantasie verweigerte sich. Sie versuchte die Gedanken an Jo zu verscheuchen.

Im Süden türmten sich die Gewitterwolken. Drohend hingen sie über den Dächern von Niederaula.

»Guck, dort brennt's!« Uli deutete auf das nächste Dorf, Asbach, wo braungrauer Rauch aufstieg, und fuhr schneller.

In Asbach versuchten die Leute, die vor Oberwegfurth auf die andere Talseite ausgewichen waren, wieder auf die Bundesstraße zu kommen.

Eine Doppelschlange, die durch das ganze Dorf bis auf die andere Talseite reichte, staute sich vor der Kreuzung, auf der fünf Fahrzeuge ineinander verkeilt standen. Darunter ein Bus mit Anhänger, der lichterloh brannte. Auf den Bürgersteigen beiderseits der Kreuzung gestikulierten die Insassen der Wagen und schrien durcheinander. Janna-Berta verstand, daß der Busfahrer versucht hatte, den Weg über die Kreuzung zu erzwingen. Jetzt stand der brennende Bus quer und versperrte fast die ganze Bundesstraße. Die Gesichter der Kinder glühten in der Hitze. Es stank nach verbranntem Lack und Gummi, und die Buspassagiere – ältere Leute allesamt, Kaffeefahrtgäste – standen verängstigt am Straßenrand.

Stau auf der Hauptstraße, Stau auf der Nebenstraße. Uli hielt sich vor dem Hupkonzert die Ohren zu. Breitbeinig stand er über seinem Rad und starrte in die Flammen.

»Wir müssen weiter«, sagte Janna-Berta mit einem Blick über die Schulter.

Ein Mercedes bahnte sich einen Weg durch einen sorgfältig ausgejäteten, blühenden Vorgarten. Er fuhr über ein Stiefmütterchenbeet und drückte Gartenzwerge in den Rasen. Dann blieb er in der lockeren Erde stecken, und die Räder drehten sich auf der Stelle.

Janna-Berta entdeckte auf der Straße, die hinter der Kreuzung, hinter zerbeultem Blech und Rauchschwaden, in Richtung Bad Hersfeld aus dem Dorf hinausführte, eine Lücke in der Wagenschlange, kaum länger als hundert Meter. Dort wollte der Mercedes wahrscheinlich hin. Schon stauten sich mehrere Wagen hinter ihm. Ein paar Leute bemühten sich, ihn aus dem Vorgarten hinauszuschieben, um den Weg für die eigenen Fahrzeuge freizumachen.

Von Bad Hersfeld her näherte sich ein grünweißer Polizeiwagen. Niemand machte ihm Platz. Er quetschte sich am Straßenrand entlang. Vor der verstopften Kreuzung bremste er und stellte sich quer. Drei Polizisten sprangen heraus. Einer hielt ein Megaphon vor den Mund und schrie: »Die Bundesstraße 62 ist von hier bis Bad Hersfeld ab sofort für jeden Verkehr gesperrt. Die Stadt wird evakuiert.«

»Wir wollen zum Bahnhof!« schrie jemand.

»Das hat keinen Zweck!« brüllte der Polizist mit dem Megaphon. »In der Stadt herrscht Panik. Der Verkehr ist zusammengebrochen, auch auf den Ausfallstraßen.«

»Nichts als Bluff!« rief ein Mann. »Märchen!«

»Und wo, bitteschön, sollen wir hin?« kreischte eine Frau.

Die Leute hinter dem Mercedes ließen sich nicht stören. Sie schoben ihn aus dem Vorgarten heraus. Über den Bordstein schaukelte er auf die Fahrbahn. Ihm folgten die anderen.

»Halt!« schrie der Polizist durch das Megaphon. »Hier kommt niemand durch!«

»Das werden wir ja sehen«, rief der Mann, der am Steuer des Mercedes saß, und hielt auf den Polizisten zu.

Janna-Berta sah, wie der Polizist seine Pistole zog.

»Komm hier weg«, sagte sie zu Uli. »Wir versuchen's über einen Feldweg.«

Sie fuhren auf einem schmalen Weg am Ortsrand dahin, als sie Schüsse und Geschrei hörten.

»Schießen die welche tot?« rief Uli über die Schulter zurück.

»Die haben sicher nur in die Luft geknallt«, antwortete Janna-Berta, warf einen Blick zur Gewitterfront hinüber und hieß Uli stehenbleiben und seine Jacke wieder anziehen. Sie zog ihm die Kapuze über den Kopf und schlüpfte auch in ihre eigene Jacke.

»Was soll das?« rief er empört. »Ich schwitz mich ja tot!«

Aber Janna-Berta bestand darauf, daß er die Kapuze auf dem Kopf behielt. Nun war Uli plötzlich überzeugt, nicht weiterzukönnen, wenn er nicht etwas zu trinken bekäme.

»Da vorn ist die Fulda«, sagte Janna-Berta, ohne zu wissen, ob es wirklich stimmte. »Dort kannst du trinken.«

Uli blieb stumm. Glaubte er ihr nicht? Oder war er zu erschöpft, um ihr zu antworten?

»Komm, setz dich auf meinen Gepäckträger«, sagte sie.

»Und was wird mit meinem Rad?« fragte er.

»Das lassen wir liegen.«

»Mein Rad? Kommt gar nicht in Frage!«

Er strampelte weiter.

Hinter den letzten Häusern stießen sie auf einen hohen Bahndamm, der parallel zur Bundesstraße auf Bad Hersfeld zulief. Ein schmaler Weg trennte den Damm von den Feldern.

Janna-Berta entschloß sich, diesen Weg einzuschlagen. Ihn würden sie für sich allein haben, denn er war zu schmal für Autos.

Sie fuhr jetzt neben Uli. Das Gras auf dem Weg wucherte hoch. Sie mußten langsam und vorsichtig fahren. Uli schnaufte und wischte sich mit dem Arm über Nase und Augen.

In der Ferne hörte Janna-Berta Motorengeräusch. Sie drehte sich um und sah, daß eine Wagenkolonne von der Straße herüberzukommen versuchte. Sie hupte durchs Dorf, zwei Fahrzeuge versuchten, quer übers Feld zu fahren. Aber sie blieben stecken, denn die Frühlingserde war naß und klebrig. Ein Lastwagen bog in den kleinen Feldweg ein, stieß wieder zurück und verschwand zwischen den Häusern.

Der Feldweg wurde immer schmaler, von beiden Seiten wucherten ihn Brennesseln fast zu. Sie peitschten Uli ins Gesicht. Dann löste sich die letzte Spur des Weges in einer Viehkoppel auf.

Uli weinte, und auch Janna-Berta war den Tränen nahe. Sie stiegen ab und ließen die Räder fallen. Janna-Berta bereute jetzt, nicht mit Jordans gefahren zu sein. Uli klammerte sich an sie, und sie umarmte ihn. Was nun? Zurück ins Dorf, um einen anderen Weg nach Norden zu suchen?

Es war schon fast drei Uhr.

Da hörten sie Motorengeräusch hinter dem Bahndamm.

Sie hoben die Räder auf und zerrten sie die Böschung hinauf. Janna-Berta stolperte und rutschte wieder ein Stück hinunter. Uli war zuerst oben.

»Janna-Berta!« rief er aufgeregt. »Da unten ist ein toller Weg – fast so gut wie eine Straße!«

Sie schob das Rad über den Rand der Böschung, sah, wie sich Uli jenseits der Eisenbahnschwellen auf den Sattel schwang, hörte, wie unten ein Auto vorbeifuhr. Während sie ihr Rad über die Schwellen hob, fiel ihr das riesige, blühende Rapsfeld hinter dem Damm auf, das vorher ihrem Blick verborgen gewesen war. Wie es leuchtete!

Dann sah sie noch, wie Uli triumphierend die Arme hob, bevor er, die jenseitige Böschung hinunter, seinem Rad freien Lauf ließ.

»Vorsicht!« rief sie. »Du kannst nicht durch den losen Schotter –«

Da flog er auch schon kopfüber vom Rad, hinunter auf den breiten Weg, auf dem in hoher Geschwindigkeit ein Auto herangeschossen kam. Das Fahrrad überschlug sich. Der Teddybär wurde vom Gepäckträger geschleudert und blieb am Fuß der Böschung liegen.

»Uli!« schrie Janna-Berta.

Der Fahrer des Autos bremste nicht. Es gab einen dumpfen Schlag, und der Wagen raste weiter, einen Staubschweif hinter sich lassend.

4

Starr vor Entsetzen stand Janna-Berta auf dem Bahndamm. Die Staubwolke hatte sich verzogen, und dort unten lag Uli. Nicht weit von ihm lag sein Teddy, daneben das Fahrrad. Nur die Lenkstange war verbogen. Das Vorderrad drehte sich noch. Ulis Kopf, von der Kapuze umhüllt, lag seltsam flach in einer Blutlache, die sich zusehends vergrößerte. Janna-Berta warf das Rad hin, stürzte die Böschung hinunter und kauerte sich neben Uli. Sie streichelte seine Hand, die noch ganz warm war. Sie drehte sich nicht nach der Autokolonne um, die vom Dorf herankam. Hier lag Uli. Hier konnte niemand vorbei. Sie blieb mitten auf dem Weg hocken.

Der vorderste Wagen bremste. Ein bärtiger Mann und eine rotblonde Frau stiegen aus. Hinter ihnen wurde wütend gehupt. Immer mehr Hupen lärmten. Die Rotblonde zog Janna-Berta hoch.

»Ihr wolltet wohl auch auf den Bad Hersfelder Bahnhof«, sagte sie.

»Steig ein«, sagte der Bärtige. »Wir nehmen dich mit. Die Kinder rücken ein bißchen zusammen.«

»Uli muß mit«, sagte Janna-Berta.

»Uli?« fragte die Frau. »Du meinst . . .«

Janna-Berta warf den Kopf zurück und sah die Frau mit einem wilden Blick an. »Er ist mein Bruder!« schrie sie.

»Du kannst ihm nicht mehr helfen«, sagte der Bärtige leise.

Das Hupkonzert wurde immer lauter. Eine Stimme schrie: »Macht den Weg frei – oder wir helfen nach!«

»Er muß mit«, sagte Janna-Berta. »Er muß mit.«

»Die verlieren die Nerven!« rief der Bärtige.

Er warf Ulis Fahrrad auf die Böschung, hob Uli auf, ging ein paar Schritte ins Rapsfeld hinein und legte ihn dort nieder. Als er zurückkam, war sein Hemd voller Blut.

»Nein«, schrie Janna-Berta. »Nein!«

Sie wollte ins Rapsfeld laufen, aber die Frau hielt sie fest. Janna-Berta versuchte sich loszureißen und schlug um sich, bis ihr der Bärtige eine schallende Ohrfeige gab. Da knickte sie zusammen und ließ sich widerstandslos in den Wagen tragen.

Erschreckt rückten die drei kleinen Mädchen im Fond zusammen.

»Schnell!« rief die Rotblonde. »Die fallen noch über uns her!«

Der Mann und die Frau warfen sich auf ihre Sitze, schlugen die Türen zu und fuhren davon, gefolgt von der Kolonne. Der Aufenthalt hatte kaum mehr als drei Minuten gedauert. Die beiden schwiegen. Auch die Kinder blieben stumm. Janna-Berta nahm nichts wahr. Erst als der Wagen neben der Fulda auf einer Wiese hielt und die Frau die kleinen Mädchen herauszerrte, hob sie den Blick. In der Nähe standen Häuser. Das mußte Bad Hersfeld sein. Es donnerte.

»Du mußt mitkommen«, sagte die Rotblonde zu ihr. »Hier bist du verloren.«

Sie reichte ihr die Hand, und Janna-Berta tat, was von ihr erwartet wurde. Aber sie hörte alles, was die anderen sprachen, wie durch eine dicke Wand.

Der Bärtige hievte einen vollgepackten Rucksack aus dem Kofferraum und wuchtete ihn sich auf den Rücken. Das mittlere Mädchen, vielleicht fünf Jahre alt, setzte er sich rittlings auf die Schultern. Die Rotblonde schob das jüngste Kind, das an einem Schnuller saugte, in einen Tragesitz, den sie sich umhängte. Das älteste, etwa in Ulis Alter, nahm sie an der Hand. Der Mann schloß den Wagen ab, und sie liefen in Richtung Stadtmitte. Janna-Berta warf einen Blick zurück: Zwischen Bäumen sah sie die Schloßgemäuer des Eichhofs liegen. Überall in der Landschaft verstreut leuchteten Rapsfelder.

»Faß Susanne an«, rief ihr die Frau zu, »damit wir uns nicht verlieren!«

Janna-Berta gab dem ältesten Kind die Hand. Schlafwandlerisch setzte sie Schritt vor Schritt. Vor ihnen lag Bad Hersfeld.

»Jetzt mußt du ein bißchen laufen«, sagte der Bärtige zu Susanne. »Wenn wir nicht schnell genug auf den Bahnhof kommen, holt uns die Wolke ein.«

»Aber wir können uns doch unterstellen, wenn es regnet«, keuchte das Mädchen.

Die Frau warf ihrem Mann einen Blick zu und sagte: »Du hast recht, Susanne. Aber wenn wir naß werden, könnten wir vielleicht Schnupfen kriegen.«

Der Mann schüttelte den Kopf, und für einen Augenblick sah es so aus, als wollte er der Frau widersprechen. Doch dann sagte er nur: »Komm, Susanne, lauf ein bißchen!«

Susanne brach in Tränen aus, und die Kleine auf den Schultern des Vaters heulte laut mit.

Im Laufschritt hasteten sie weiter.

»Kennst du dich in Bad Hersfeld aus?« fragte die Frau.

Janna-Berta nickte.

»Sie kennt sich hier aus«, rief die Rotblonde ihrem Mann zu, der ein paar Schritte hinter ihnen war. »Gott sei Dank.« Und zu Janna-Berta gewandt, befahl sie: »Zum Bahnhof, hörst du? Auf dem schnellsten Weg. Die werden bei der Evakuierung zuerst die Bad Hersfelder drannehmen, aber wir sagen einfach, wir sind von hier. In dem Trubel kann das sowieso keiner kontrollieren, und bei vier Kindern werden die nicht viel fragen. Wer hat heutzutage schon vier Kinder?«

»*Vier?*« fragte der Bärtige.

»Kapierst du denn nicht?« rief die Frau. »Sie ist unsere älteste Tochter!«

»Natürlich«, sagte der Mann.

»Wenn du gefragt wirst«, sagte die Frau zu Janna-Berta, »wir sind die Heublers aus Bad Hersfeld. Denk einfach an Heu. Und nenn uns Mutti und Vati.«

»Nein«, sagte Janna-Berta.

»Es ist ja nicht ernst gemeint«, keuchte die Frau, während sie weiterhastete. »Nur, damit wir schneller fortkommen. Das ist doch auch zu *deinem* Vorteil. Wir wollen dir deine Eltern ja nicht wegnehmen.«

Janna-Berta schüttelte den Kopf.

»Also gut«, sagte die Rotblonde ungeduldig, »dann nenn ihn Bert und mich Marianne. Und das sind Susanne, Nina und Annika.«

Janna-Berta hörte sie wie aus weiter Ferne. Sie nickte abwesend.

»Und du?« fragte die Frau. »Wie heißt du?«

»Uli«, sagte Janna-Berta.

»Uli? Ulrike? Also Uli Heubler, jedenfalls bis wir im Zug sind«, sagte Marianne Heubler.

Janna-Berta drehte sich um. Das Gewitter stand schwarz und drohend im Süden, seine Wolkenränder erreichten schon fast die Sonne. Breit lagerte es über der maigrünen Landschaft. Donner rollte.

»Schau dich doch nicht dauernd um!« herrschte Bert Heubler sie an. »Du machst die Kinder scheu.«

Janna-Berta gehorchte und schaute wieder nach vorn. In diesen Außenbezirken der Stadt kannte sie sich auch nicht aus. Aber sie sah den Turm der Stiftsruine aufragen. Vor zwei Jahren, als sie noch neu bei den Pfadfindern gewesen war, hatte sie sich, um den Weg zu den Treffpunkten zu finden, immer an diesem Turm orientiert. Vorbei an Reihen von Einfamilienhäusern und Gärten mit Gartenhäuschen, quer durch gepflegte Anlagen ging sie wie in Trance auf den Turm zu, ohne wahrzunehmen, was um sie herum geschah. Erst als sie das Stadtzentrum erreichte, spürte auch sie die fiebrige Spannung, die hier herrschte. Aus allen Richtungen ertönte ungeduldiges Hupen, das Sirenengeheul von Feuerwehr- und Polizeifahrzeugen schwoll an und ging im allgemeinen Lärm wieder unter. Man hörte fernes Stimmengewirr, einzelne Rufe, Geschrei. Militärfahrzeuge rasselten durch die Straßen.

Die Heublers und Janna-Berta überquerten den Stadtring. Hier standen die Wagen dicht an dicht, darunter mehrere Busse, voll mit Kindern. Kein Fahrer hielt mehr vor dem Zebrastreifen an. Die Fußgänger mußten sich einen Weg zwischen den Wagen hindurch suchen. Plötzlich gerieten die Fahrzeuge wieder in Bewegung, obwohl die Ampel an der Kreuzung Rotlicht zeigte. Die Heublers, die gerade die Straße überquerten, wurden mit Gehupe aus dem Weg getrieben. Janna-Berta schrie auf, als ein Wagen auf sie zukam. Sie sprang mit einem Satz auf den Bürgersteig, Susanne hinter sich herziehend. Susanne verlor den Boden unter den Füßen und schleifte mit den Knien über den Asphalt.

»Auch das noch«, jammerte ihre Mutter. »Geh weiter, Susanne, dann tut's nicht so weh.«

Überall wurde gepackt, geschleppt, gehastet. Je näher Janna-Berta und die Heublers dem Bahnhof kamen, desto mehr Menschen liefen in dieselbe Richtung wie sie, die meisten schwer beladen, manche auch ohne Gepäck, viele in ihren besten Kleidern, andere, wie sie aus Küche oder Werkstatt kamen. Eine Frau in Pelzmantel und Hut stöckelte mit zwei schweren Koffern auf der gegenüberliegenden Straßenseite, eine andere – sie lief nicht weit vor ihnen – hatte vergessen, den Rückenreißverschluß ihres Kleides zu schließen. Ein kleines Mädchen trug eine Puppe, die größer war als es selbst. Eine alte Dame preßte ein Körbchen mit einem Pekinesen an sich, ein Türke schleppte eine elektrische Nähmaschine auf dem Rücken. Susanne stolperte über ein verschnürtes Paket, das mitten auf dem Bürgersteig lag und anscheinend niemandem gehörte. Sie fiel auf die blutenden Knie, weinte jämmerlich und wollte sich nicht weiterzerren lassen. Da nahm Janna-Berta sie auf den Rücken.

Rolläden rasselten. Die meisten Geschäfte waren schon geschlossen. Eine Bundesgrenzschutzstreife patrouillierte durch die Fußgängerzone, bestürmt von Bürgern, die Auskünfte haben wollten und Rat suchten. Aber die Männer in Uniform hoben nur die Schultern.

»Bustransporte gibt's nicht«, sagte einer. »Auf den Straßen geht ja nichts mehr. Gehen Sie zum Bahnhof. Dort haben Sie vielleicht noch eine kleine Chance.«

Vor dem Bahnhof drängte sich eine Menschenmenge. Am

Haupteingang wurde geschrien, geschimpft, geknufft. Rotkreuzleute schoben sich durch das Gedränge. Kinder brüllten. Ein paar Polizisten und Bahnbeamte versuchten, Ordnung zu schaffen. Aber niemand befolgte ihre Befehle, niemand kümmerte sich um sie.

»Gleich regnet's!« hörte Janna-Berta jemanden schreien. »Dann kommt alles über uns!«

»Die Kinder«, jammerte eine Frau. »Denkt doch an die Kinder! Laßt wenigstens *sie* hinein!«

»Hier kommen wir nie rein«, sagte Bert verzweifelt.

Von allen Seiten strömten Menschen heran, drängten sich vor den Haupteingang, schwärmten dann nach rechts und links aus, um einen Durchgang zu finden. Auch die Heublers und Janna-Berta zogen nordwärts am Bahnhofsgebäude entlang. Vor einem eisernen Gittertor und einer im Lochmuster hochgezogenen Backsteinmauer, die zwischen zwei Nebengebäuden den Bahnsteig vom Bahnhofsvorplatz trennte, gab es Bewegung: Ein paar Männer entwaffneten zwei Polizisten, die mit dem Gummiknüppel in der Hand die Menge daran gehindert hatten, das Tor einzudrücken oder über die Mauer zu klettern. Denn die Mauer war nicht höher, als daß ein Mann mit ausgestreckten Armen die Oberkante erreichen konnte. Und die rechteckigen Löcher boten den Füßen Halt.

Jetzt war die Mauer frei. Unter wildem Triumphgeschrei setzte ein Ansturm auf sie ein, dessen Sog auch die Heublers und Janna-Berta mitriß. Sie kämpften sich bis unmittelbar an die Mauer heran. Durch die Löcher konnte Janna-Berta hinter dem Gewimmel der Wartenden auf dem Bahnsteig den oberen Teil eines Personenzuges erkennen. Auf den Waggondächern saßen Leute, dicht an dicht. Janna-Berta fielen zwei Männer mit Krawatten und weißen Hemden auf. Die Hemden waren zerfetzt und schmutzig. Eine Frau trug nur noch einen Schuh.

Dann setzte sich der Zug langsam nordwärts in Bewegung. Die Leute auf dem Bahnsteig schrien ihm nach, drohten mit den Fäusten, liefen hinter ihm her. Ein paar junge Männer hängten sich an offene Fenster oder an die Haltegriffe der Einstiege.

Bert hob Nina von seinen Schultern, drückte sie seiner Frau in den Arm und streifte den Rucksack ab. Er kletterte auf die Mauer und ließ sich ein Kind nach dem anderen hinaufreichen. Ein freundlicher Mann auf der anderen Seite nahm sie ihm ab. Auch Janna-Berta kletterte hinüber. Sie war eine gute Sportlerin. Nun versuchte auch Marianne, an der Mauer hochzukommen. Aber sie war füllig und ängstlich und mühte sich vergeblich so lange, bis ihr Mann sich erst um die drei Kinder kümmern mußte, die jenseits der Mauer im Gedränge standen und sich schreiend aneinanderklammerten.

»Paß du auf die Kinder auf«, sagte er zu Janna-Berta und setzte ihr seine jüngste Tochter auf den Arm. Er schob alle vier unter das Dach neben der Mauer und schärfte Janna-Berta ein, dicht an die Gebäudewand gepreßt stehenzubleiben. Dann kletterte er über die Mauer wieder hinaus.

Bundesgrenzschutzleute drängten sich durch die Menge auf dem Bahnsteig und postierten sich vor der Innenseite der Mauer. Sie ließen niemanden mehr vom Bahnhofsvorplatz herüberklettern. Janna-Berta hörte das Angstgeschrei, die Protestrufe der Menge, die sich von der Rettung abgeschnitten sah. Sie glaubte sogar, Berts Stimme herauszuhören. Die kleine Annika auf ihrem Arm schrie wie am Spieß, ihr erschien wohl Janna-Bertas Gesicht fremd und bedrohlich. Nina klammerte sich an Susanne, Susanne an Janna-Berta. Das Gedränge auf dem Bahnsteig wurde immer dichter. Es mußte noch andere Durchschlüpfe geben. Immer wieder stießen ausladende Rucksäcke und breite Rücken gegen Annikas Kopf. Janna-Berta kauerte sich nieder, um das Kind zu schützen. Auch Nina und Susanne hockten sich hin, mit dem Rücken zur Wand, die Knie unterm Kinn. Eine Frau stolperte über die Kinder und fiel auf Janna-Berta. Vor Schreck schrie jetzt auch Nina und rief nach ihren Eltern. Janna-Berta stand wieder auf. Verzweifelt schaute sie hinüber zur Mauer. Wann kamen die Heublers endlich? Ließen die Uniformierten sie nicht über die Mauer?

Dicht an Janna-Berta vorbei kämpfte sich ein Bahnbeamter durch das Gedränge. Die Wartenden bestürmten ihn mit Fragen.

»Der Intercity aus München?« antwortete er einer Frau. »Na, Sie sind gut. In Hünfeld ist die Strecke blockiert, ein Intercity ist auf einen Triebwagen aufgefahren. Außerdem ziehen die einen Absperrungsgürtel um die ganze Schweinfurter Gegend. Da fährt kein Zug mehr durch. Ist ja alles schwer verseucht.«

»Und wir?« schrien ein paar Stimmen gleichzeitig.

»Von Bebra schicken sie Züge her«, antwortete er und versuchte weiterzukommen. »Der nächste fährt gleich ein.«

»Ich hab einen gehbehinderten Mann!« jammerte eine Frau und hielt den Bahnbeamten am Ärmel fest. »Ich hab ihn bis vor den Bahnhof geschoben. Wie soll ich ihn durch das Gedränge hereinschaffen?«

Der Mann hob die Schultern, riß sich los und rief: »Sie müssen Ruhe bewahren – sonst geht gar nichts mehr!«

Die neuen Nachrichten verbreiteten sich auf dem Bahnsteig in Windeseile. Janna-Berta dachte an ihre Mutter. Und an Kai, der nicht viel älter war als Annika auf ihrem Arm. Waren sie noch herausgekommen, oder saßen sie jetzt in der Falle? Und Jo?

Plötzlich reckten sich alle Köpfe, alle Gesichter wandten sich nach Norden: Ein Güterzug rollte rückwärts in den Bahnhof ein: teils offene Pritschenwagen, teils Viehwaggons. Die Wartenden schrien und drängten vorwärts. Janna-Berta wurde mit den Kindern von der Wand weggeschoben, vor die Mauer, hinter der das Geschrei am größten war. Während sie mitgerissen wurde, dem Zug entgegen, schrie sie zur Mauer hinüber: »Kommt doch, bitte kommt doch!« und versuchte sich vergeblich an den Familiennamen der drei kleinen Mädchen zu erinnern. »Bitte!«

Sie sah noch, daß von außen zahllose Hände die Gitterstäbe des Tors in der Mauer umklammert hielten und daran rüttelten. Von innen stemmten sich die Männer vom Bundesgrenzschutz dagegen. Es knirschte, Eisen dröhnte an Eisen. Dann verlor sie das Tor aus dem Blick. Die Kinder schrien vor Angst. Sie wurden gestoßen und geschubst.

»Haltet euch an mir fest«, rief Janna-Berta. »Nicht loslassen! Mutti und Vati kommen gleich.«

Die erste, die sie verlor, war Nina. Ihr Jammergeschrei ging im

Lärm der Menge unter. Nur noch ein schrilles »Susanne!« war zu hören.

Dann ließ Susanne los – und schon war sie zwischen Koffern und Beinen und Röcken verschwunden. Janna-Berta preßte Annika an sich, rief die Namen der Kinder und stemmte sich gegen den Strom. Sie erhielt Püffe und wurde beschimpft. Sie hatte Mühe, sich auf den Beinen zu halten. Vom Tor her tönten rhythmische Rufe: »Hau ruck! Hau ruck!«

In dem verzweifelten Bemühen, irgendwo die blonden Schöpfe der Kinder zu entdecken, drehte sich Janna-Berta um sich selbst. Da sah sie, wie sich auf einmal das Tor öffnete – aufgedrückt von außen. Die Menge brandete herein. Wer ihr im Weg stand, wurde überrannt. Ein Wirbel bildete sich dort, wo eben noch Ninas Rufe hergekommen waren. Menschen schlugen um sich, stürzten, rappelten sich auf, traten auf andere, die noch lagen. Janna-Berta gelang es, sich zurückzuretten an die Wand, wo sie vorher gestanden hatte. Und schon stürzten die Heublers auf sie zu. Sie rang noch nach Atem, als sie Annika in Berts Arme gleiten ließ.

»Und die anderen?« schrie Marianne. »Die anderen!«

Janna-Berta deutete stumm auf das Chaos zwischen Tor und Zug. Da brach die Mutter der kleinen Mädchen in Tränen aus. Ihr Gesicht verzerrte sich zu einer Grimasse. Sie packte Janna-Berta an den Schultern und schüttelte sie.

»Du –! Du –!« rief sie schrill.

Janna-Berta begann zu lachen. Sie hörte sich selber lachen – ein schrilles, verkrampftes, irrsinniges Lachen. Vergeblich versuchte sie aufzuhören. Sie mußte weiterlachen. Bestürzt schlug sie die Hände vors Gesicht und riß sich los. Sie stolperte über Koffer, Taschen und Kinder, kämpfte sich gegen den Sog voran und durch die Lücke in der Mauer, durch die immer noch eine dichte Menschenmenge hereinströmte, hinaus auf den Bahnhofsvorplatz. Dort fuhren gerade Panzerwagen auf. Ein Hubschrauber knatterte heran und kreiste über dem Bahnhof. Irgendwo in der Stadt fielen Schüsse.

Ohne sich um die Richtung zu kümmern, rannte Janna-Berta

davon. Ihr verzweifeltes Gelächter ging unter im Gedröhn des Hubschraubers und des Donners. Sie rannte mitten in die Düsterkeit hinein, die nun den ganzen Himmel beherrschte, mitten hinein in die ersten Tropfen des Regens.

5

Instinktiv war Janna-Berta nach Süden gelaufen. Niemand bewegte sich in ihrer Richtung, aber zahllose angstverzerrte Gesichter kamen ihr entgegen. Papierfetzen wirbelten durch die Luft, die Bäume bogen sich ächzend unter dem Gewittersturm. Janna-Bertas langes, helles Haar flatterte.

Sie sah nur das Rapsfeld vor sich. Auf dieses gelbleuchtende Rapsfeld unter der dunklen Wolkenfront lief sie zu. Uli kauerte jetzt sicher ganz verstört im Raps und fühlte sich allein gelassen, ausgesetzt wie der Hund, der hinter dem Wagen hergerannt war, wie Coco in der Wohnung der Großeltern. Bestimmt weinte er und rief nach ihr, voller Angst vor dem schwarzen, giftigen Himmel. Wie hatte sie nur von ihm fortgehen können? Wo sich die Mutter fest auf sie verlassen hatte!

Unter Blitzen und gewaltigen Donnerschlägen entlud sich das Gewitter über ihr, über der Stadt, über den Unfallstellen und steckengebliebenen Wagenschlangen, über den Flüchtenden, die in panischer Angst nach einem Unterschlupf, einem offenen Hausflur, einem Dachvorsprung suchten, um sich vor dem verseuchten Regen zu retten.

Nur Janna-Berta versuchte sich nicht zu schützen. Das Rapsfeld, das Rapsfeld!

»Hab keine Angst, Uli!« schrie sie, während der Regen sie bis auf die Haut durchnäßte. »Hab keine Angst, ich komme!«

Es war ein schweres Gewitter, ein Wolkenbruch. Das Wasser gluckste bei jedem Schritt in den Schuhen, das Haar klebte am Kopf, die Tropfen rannen ihr in die Augen und in den Mund.

Sie war auf eine lange Brücke geraten, auf der sich die Autos stauten, die ihr entgegenkamen. Der Regen trommelte auf die Wagendächer. Die Fenster waren geschlossen und von innen beschlagen. Dahinter blieben die Gesichter der Insassen unsichtbar. Janna-Berta war der einzige Fußgänger auf der Brücke. Ein Wagen hupte, als sie an ihm vorbeihastete. Jemand wischte von innen die Scheibe und machte Janna-Berta aufgeregte Zeichen. Aber sie wollte keine Zeit verlieren. Sie mußte zum Rapsfeld, zu Uli. Die gelbe Fläche schien sich zu entfernen. Sie versuchte schneller zu laufen. Ohne daß sie es wußte, näherte sie sich der Autobahn.

Es goß noch immer so sehr, daß sie nicht erkennen konnte, was auf den Wegweisern stand. Doch das kümmerte sie nicht. Sie sah ja das Rapsfeld deutlich vor sich. Aber es blieb immer in gleicher Entfernung.

Als sich der Himmel wieder aufhellte und der Regen nachließ, konnte Janna-Berta nicht mehr laufen. Sie keuchte. Die Füße hatten sich in den nassen Schuhen wundgerieben. Es war kühl geworden. Naß von Kopf bis Fuß, schlotterte sie vor Kälte. Jemand rief aus einem Wagen: »Kehr um, Kind – du läufst ja mitten hinein!«

Auf einmal konnte sie das Rapsfeld nicht mehr sehen. Sie geriet in Panik. Wie konnte sie es aus dem Blick verloren haben? War sie nicht immer darauf zugegangen? Sie versuchte wieder zu laufen, aber es war nur noch ein müdes Stolpern. Als sie dem Bogen der Autobahnauffahrt folgte, glaubte sie geradeaus zu gehen. Sie schwankte hin und her, geriet gefährlich nahe an die Wagen, die hier zügiger fuhren. Schrille Huptöne ließen sie zur Seite springen. Dann war sie auf der Autobahn. Sie trottete auf der Standspur dahin, neben den Leitplanken, wo sonst kein Fußgänger gehen durfte. Niemand jagte sie weg.

Die Fahrbahn, die nach Osten führte, nach Eisenach, war auch stark befahren, aber nicht verstopft. Es war Janna-Berta egal, wo sie hinführte. Wenn sie sie nur dem Rapsfeld näher brachte. Als sie ein Nottelefon am Straßenrand entdeckte, schöpfte sie neue Hoffnung. Sie hob es ab und horchte hinein.

»Mutti?« rief sie. »Vati?«

Aber die Stimme, die sich meldete, war ihr fremd. Sie legte wieder auf, kauerte sich nieder und lehnte sich gegen die Rufsäule. Ab und zu fuhr ein Wagen vorüber und bespritzte sie. Gleichgültig ließ sie es geschehen. Mit weit offenen Augen saß sie so, während Rinnsale und Pfützen, die der Regen hinterlassen hatte, zu dampfen begannen. Dunst hing über den Feldern. Zwischen abziehenden Wolken erschienen Fetzen blauen Himmels.

Plötzlich bremste mit quietschenden Reifen ein buntbemalter Bus. Er fuhr neben Janna-Berta auf die Standspur und hielt an. Ein Fenster wurde heruntergekurbelt. Eine junge, sommersprossige Frau beugte sich heraus.

»Hallo«, rief sie, »willst du mitfahren?«

Janna-Berta antwortete nicht, hob kaum den Kopf. Die Sommersprossige stieg aus und kam auf sie zu.

»Du kannst doch hier nicht einfach sitzen, so naß, wie du bist«, sagte sie.

»Nein«, murmelte Janna-Berta.

»Wo willst du denn hin?«

»Zum Rapsfeld.«

Die Sommersprossige drehte sich zum Bus um und winkte den Fahrer heran, einen jungen Mann mit blonden, langen Haaren.

»Sieh dir das an«, sagte sie leise. »Das arme Ding. Durchgedreht.«

»Das ist ja noch ein Kind«, sagte er. Dann beugte er sich über Janna-Berta und sagte: »Komm mit uns. Wir fahren dich hin, wo du hinwillst.« Er nahm sie am Arm und zog sie hoch.

»Paß auf«, warnte die Sommersprossige. »Sie war im Regen. Sie muß voll sein von dem Scheiß.«

»Darauf kommt's jetzt auch nicht mehr an«, sagte er.

Sie schubsten Janna-Berta in den Bus. Verbrauchte Luft schlug ihr entgegen. Sie hörte Stimmen, sah, wie sich zwei Hände nach ihr ausstreckten, sah Füße zwischen Stapeln von Gepäck. Danach fielen ihr die Augen zu. Der Wagen fuhr mit einem Ruck an, sie versuchte sich noch gegen die Hände zu wehren, die ihr die Jacke und das nasse T-Shirt über den Kopf zogen. Dann verschwammen alle ihre Empfindungen bis auf zwei: Wärme und Trockenheit. Sie schlief augenblicklich ein.

Irgendwann bremste der Bus scharf. Gepäck und Passagiere wurden nach vorn geschleudert. Ein Seesack fiel auf Janna-Berta. Sie fuhr hoch. Alle redeten aufgeregt durcheinander. Mehrmals fiel das Wort »Grenze«. Janna-Berta wähnte sich daheim in ihrem Bett, sah dann an sich hinunter, entdeckte, daß sie in Jeans steckte, die ihr zu weit waren, und daß sie ein riesengroßes T-Shirt anhatte, das einmal himmelblau gewesen sein mußte. Auch ihre Socken und Schuhe waren verschwunden. An den bloßen Füßen trug sie jetzt abgelatschte Stoffschuhe mit geflochtener Sisalsohle. Solche Schuhe kannte Janna-Berta aus den Ferien an der Costa Brava. Sie waren leicht und bequem, hielten aber nicht lange. Unter den nackten Zehen spürte sie Sand.

»Na«, sagte die Sommersprossige zu ihr, »siehst du wieder klar?«

Janna-Berta schaute sich um. Sechs junge Leute saßen außer ihr im Bus, drei Männer und drei Frauen. Der Bus stand im Stau.

»Deine Klamotten brauchst du nicht zu suchen«, sagte die Sommersprossige zu ihr, »die haben wir aus dem Fenster geworfen. Das Zeug war ja sicher total verseucht.«

Die Leute stiegen aus dem Bus und palaverten mit Fahrern und Insassen anderer Wagen. Nur Janna-Berta blieb liegen. Im Halbschlaf hörte sie die Beratungen mit und begriff, worum es ging: Wer die Autobahn in Richtung Eisenach befahren hatte, war darauf aus gewesen, sich nach Berlin oder in die DDR zu retten. Aber nun war seit einer Stunde die Grenze von östlicher Seite geschlossen worden. Ein schwerer Lastwagen hatte daraufhin die ostdeutschen Schlagbäume weggedrückt, um den PKW-Kolonnen hinter ihm freie Durchfahrt zu verschaffen. Aber die Grenzsoldaten hatten sie mit Maschinenpistolen aufgehalten. Die Wagen, die noch hatten wenden können, waren wieder in den Westen zurückgeflüchtet. Nun staute sich hier bei Herleshausen alles, was aus dem Westen gekommen war.

»Mörder!« schrie jemand. »Schießen auf ihre Brüder!«

»Die sind genauso in Panik wie wir«, sagte der Blonde ruhig. »Außerdem wird bei uns auch geschossen. Und ich wette, das ist alles erst der Anfang. Aus dem Absperrungsgürtel um Schweinfurt kommt keiner mehr lebend raus. Wenn ihn die Radioaktivität nicht umbringt, dann das Militär. Die werden die stark Verseuchten mit Gewalt daran hindern, sich unter die Davongekommenen zu mischen.«

»Du spinnst«, rief die Sommersprossige. »Die können die Leute doch nicht wie die Hasen abknallen –«

»Wenn's ums nackte Überleben geht«, sagte der Blonde, »fällt die Zivilisationstünche ab.«

Janna-Berta war hellwach geworden. Sie sah ihren Vater vor dem Mündungsfeuer der Maschinengewehre, sah ihn schreien und fallen. Sie preßte die Hände vor den Mund.

Der mit der Mähne hielt ein Taschentuch hoch. Es herrschte Windstille. Die Leute trieben sich gegenseitig zur Eile an. Man beschloß, an der Grenze entlang in Richtung Eschwege zu fahren und über Göttingen in den norddeutschen Raum zu gelangen.

»Du fährst doch mit?« fragte die Sommersprossige.

Janna-Berta dachte an Helga in Hamburg. Die Mutter hatte gewollt, daß sie dorthin flüchten sollten, wie auch immer und mit wem auch immer. Aber nun war es ja zu spät. Sie war unter der verseuchten Wolke hergelaufen und vom verseuchten Regen durchnäßt worden. Uli war im Rapsfeld, Vater war vielleicht noch in Schweinfurt, die Mutter mit Kai irgendwo im Katastrophengebiet, vielleicht auf dem Bahnhof von Hünfeld oder immer noch auf dem Schweinfurter Bahnhof. Und Almut, die endlich das Kind erwartete, das sie und Reinhard sich so lange gewünscht hatten – sie alle waren irgendwo hier in der Nähe. Alle, auf die es ihr ankam.

»Nein«, sagte sie, »ich bleib hier.«

»Bist du lebensmüde?« fragte die Sommersprossige.

Janna-Berta zuckte mit den Schultern, dankte und stieg aus. Der VW-Bus wendete und fuhr auf der Gegenfahrbahn zurück. Janna-Berta sah jemanden durch das Rückfenster winken. Mit schwerfälligen Schritten verließ sie die Straße. Die weite, hügelige Landschaft war gelb kariert von den Rapsfeldern.

Sechs Uhr. Die Sonne stand im Westen, die Schatten wurden länger. Eine schöne, friedliche Stimmung. Hier hatte es nicht geregnet. Die Gegend war, wie es schien, noch verschont geblieben.

Janna-Berta schleppte sich hangabwärts in den nächsten Ort. Sie gab nicht acht, wie er hieß. Sie sah die Schilder nicht, die auf die Nähe der DDR-Grenze hinwiesen. Hier waren die Bewohner noch nicht geflüchtet. Aber die Straßen waren wie leergefegt. Nur vor einem Supermarkt gab es Lärm: Scharen von Leuten packten die Kofferräume ihrer Wagen randvoll mit Lebensmitteln. Das sah nicht nach Einkauf aus, sondern nach Plünderung. Auch vor einer Tankstelle ging es lebhaft zu. Eine Wagenschlange staute sich dort, und es wurde geschimpft und geschrien.

Janna-Berta bat um Wasser, aber der Tankwart brüllte sie an, sie solle sich wegscheren. Sie lief weiter, ziellos, im Zickzackkurs. Am Ende des Ortes angekommen, glaubte sie den Durst nicht mehr ertragen zu können. Sie wollte an einer Haustür schellen, fand aber den Klingelknopf nicht. Da trommelte sie mit den Fäusten gegen die Tür.

Eine Fenstergardine bewegte sich. Kurz darauf hörte Janna-Berta Schritte heranschlurfen. Die Tür öffnete sich einen Spalt. Eine ältere Frau spähte heraus.

»Wenn's nur Wasser ist –«, antwortete sie sichtlich erleichtert und nickte. Dann fragte sie mit einem mißtrauischen Blick: »Du bist doch nicht von hier?«

»Aus Schlitz«, sagte Janna-Berta.

Die Frau wußte nicht, wo Schlitz lag. Janna-Berta mußte es ihr erklären.

»Bei Fulda?« rief die Frau. »Dort ist doch evakuiert worden. Dann bist du ja – hast du etwa schon was abgekriegt?«

»Vielleicht«, antwortete Janna-Berta matt.

Die Frau schloß die Tür und schlurfte davon. Nach einer Weile kehrte sie ohne Wasser zurück. Sie sprach hinter der geschlossenen Tür.

»Es geht nicht«, sagte sie. »Es heißt, jeder strahlt, der von dort kommt.« Sie räusperte sich und fügte hinzu. »Eben haben sie gemeldet, daß auch hier im Kreis Notlazarette eingerichtet werden. Geh zur Polizei. Laß dich dort hinbringen.«

Die Schritte entfernten sich. Janna-Berta blieb noch eine Weile stehen.

»Es geht schon los mit den Flüchtlingen. Wie fünfundvierzig«, hörte sie die Frau sagen. Und eine Männerstimme antwortete: »Schau nach, ob die hintere Tür zu ist.«

Janna-Berta lief weiter, zum Ort hinaus, immer die Straße entlang: eine schnurgerade Lindenallee. Einmal stolperte sie über Bahngleise, die die Straße überquerten. Rechts und links breiteten sich Gärten und Felder aus. Die Allee verengte sich, der Weg lief plötzlich bergauf. Janna-Berta spürte Übelkeit, würgte, lehnte sich gegen einen Lindenstamm und erbrach sich.

Blind für die Schönheit eines Dorfes, dessen rotbesonnte Dächer am Ende der Allee sichtbar geworden waren, erreichte sie noch das breite Geländer, das, quergestellt, die Allee jäh enden ließ. Dahinter brach der Weg, brachen die Felder steil ab zu einem Fluß hinunter, der träge und lautlos dahinfloß. Am anderen Ufer lag, Reste einer längst zerstörten Brücke einrahmend, das Dorf. Ein Schild, in der einsetzenden Dämmerung unter den Lindenkronen kaum mehr lesbar, wies darauf hin, daß die Grenze in der Flußmitte verlief.

Janna-Berta lehnte sich übers Geländer und übergab sich noch einmal. Dann ließ sie sich fallen, krümmte sich zusammen und begann hemmungslos zu weinen.

6

Sie konnte sich nicht erinnern, wer sie am Straßenrand gefunden und in dieses Gebäude gebracht hatte. Ihr war nicht einmal mehr eine Erinnerung daran geblieben, *wo* man sie gefunden hatte. Nur noch dunkel sah sie die Lindenallee vor sich, die plötzlich abbrach. Inzwischen wußte sie, daß sie in einem Schulsaal in Herleshausen lag. Vor ein paar Tagen war hier noch unterrichtet worden. An der Tafel standen, in Lehrerhandschrift, noch ein paar Schülernamen. Schwungvoll darüber hinweg hatte jemand ein Riesengesicht gezeichnet. Das lachte von Ohr zu Ohr und streckte eine unförmige Zunge heraus.

Ein heller, fröhlicher Raum. Auf einem Wandbord waren die Resultate der letzten Werkstunden ausgestellt: rundgeschliffene Steine, wie man sie in Gebirgsbächen findet, zusammengefügt zu lustigen Wesen, zu Männchen und Tieren mit drolligen Farblackgesichtern. Es gab Obelixe und Rübezahle, Kräuterhexen und Kartoffelkönige. Janna-Berta hatte in der vierten Grundschulklasse auch einmal solche Steinfiguren gebastelt. Das war in der Vorweihnachtszeit gewesen. Schöne Weihnachtsgeschenke: einen »Troll« für Oma Berta, einen »Grünen« für Jo.

Nun vertrockneten hier auf den Fensterbrettern die Topfpflanzen. Die Möbel waren hinausgeräumt worden. Nur noch der Lehrerschrank stand neben der Tafel, und in der Ecke hatte man einen Kartenständer vergessen. Statt der Tische und Stühle standen neunzehn Betten dicht an dicht. Während der ersten beiden Tage waren es nur Matratzen auf dem Fußboden gewesen.

Aus den Gesprächen der Erwachsenen wußte Janna-Berta, daß dieses Schulgebäude zu einem der vielen Nothospitäler geworden war, die man nach der Katastrophe in aller Eile entlang der evakuierten Zone eingerichtet hatte. Sie lag im Schulkinder-Saal, zusammen mit fünfundzwanzig anderen kranken oder verletzten Kindern, herbeigekarrt aus der ganzen Umgebung. Nicht jedes Kind hatte ein Bett für sich. Die Jüngsten und die Geschwisterpaare lagen zu zweit. Janna-Berta hatte ihren Platz unter einem Fenster. Sie war schmal geworden. Wenn sie sich im Spiegel betrachtete, erschrak sie jedesmal. Wer sah sie da an? Eingefallene Augen, spitzes Kinn, blasse Haut, stumpfes, struppiges Haar. In dem viel zu weiten Nachthemd, das man ihr angezogen hatte, sah sie aus wie ein Gespenst.

Sie mochte nichts essen. Wenn sie nur etwas Eßbares sah, wurde ihr übel. Aber sie trank Unmengen von Wasser und Tee, ab und zu auch eine Kraftbrühe. Man hielt ihr den Kopf hoch und setzte ihr den Becher an die aufgesprungenen Lippen.

Meist starrte sie mit leerem Blick an die Decke oder hinüber auf die Steinfiguren. Wenn sie angesprochen wurde, schloß sie die Augen, drehte den Kopf weg und beantwortete keine Fragen, auch nicht die immer wiederkehrenden: wie sie heiße und woher sie sei. Der Arzt mußte ihr bei den Untersuchungen die Augenlider hochziehen. »Schock« nannte er es. Er entließ sie nicht. Sie sollte weiter beobachtet werden. Aber wenn er oder sein Kollege einmal am Tag in den Saal kam, hatte er kaum einen Blick für sie. Janna-Berta hatte weder Durchfall noch erbrach sie sich. Sie hatte auch keine Blutungen und gehörte nicht zu denen, die am Grenzübergang verwundet oder verletzt worden waren. Es ging ihr verhältnismäßig gut.

Bei der Hektik in dem Nothospital hatte niemand Zeit, sie zu trösten. Sie war eines der ältesten Kinder im Saal. Sie mußte zurückstehen. Nicht einmal ein frisches Nachthemd erhielt sie. Das bekamen nur Kinder, die es nötiger brauchten.

»Schweinerei!« schimpfte eine der Krankenschwestern.

»Es liegt am Nachschub«, erklärte ihr der Arzt. »An der Organisation. Der Unfall ist über ihren stümperhaften Katastrophenschutzplänen zusammengeschlagen. Nichts war vorbereitet, nichts hat geklappt, nur die Bonzen haben sich so schnell wie möglich abgesetzt!«

Janna-Berta versuchte sich zu erinnern: Hatte sich Mutti nach Tschernobyl nicht bei den Behörden verschiedener Städte erkundigt, welche Vorsorge für die Bevölkerung man für den Fall eines SuperGAUs getroffen habe? Hatte sie nicht erfahren, daß es offensichtlich keine oder nur ganz wenige Schutzräume gab und daß die städtischen Kliniken keine strahlenkranken Patienten aufnehmen würden, weil sie nicht dafür eingerichtet waren? Hatte Mutti nicht vergeblich versucht, in die Katastrophenschutzpläne hineinschauen zu dürfen? Die Pläne seien nicht für die Öffentlichkeit bestimmt, hatte es geheißen. Vati und Mutti waren empört gewesen. Aber die meisten, denen sie's erzählt hatten, hatten nur mit den Schultern gezuckt.

Es stank in dem Saal. Viele Kinder erbrachen sich. Andere hatten Durchfall und ließen alles unter sich laufen. Denn vor den Toiletten mußte man Schlange stehen, und es gab nicht genug Personal, das auf jeden Ruf hin mit Speischüssel oder Bettpfanne hätte herbeieilen können.

Es war ein ständiges Kommen und Gehen. Neue Fälle wurden eingeliefert, kritische Fälle ausgesondert. Viele Kinder waren zusammen mit ihren Eltern gebracht worden. Die Erwachsenen lagen in anderen Sälen und kamen, um nach ihren Kindern zu sehen. Manchmal, wenn Janna-Berta nachts schlaflos lag, sah sie Väter und Mütter hereinschleichen, die ihre Kinder sehen wollten, um sicher zu sein, daß sie noch lebten.

Neben Janna-Berta lag eine Türkin. Ayse hieß sie und hatte in Fulda gewohnt. Als sie von einer Frau vom Roten Kreuz ausgefragt wurde, hörte Janna-Berta zu. Ayse hatte im Durcheinander der Evakuierung ihre Eltern aus den Augen verloren und war in der fast leeren Stadt herumgeirrt, bis sie von einer Polizeistreife mitgenommen worden war. In einem Sammellager in Schenklengsfeld hatte sie sich dann tagelang übergeben. Das Lager war überfüllt gewesen. Deshalb hatte man sie hierher gebracht.

Janna-Berta antwortete nicht, als Ayse sie nach ihrem Namen fragte. Da weinte die Türkin. Sie weinte viel, vor allem nachts.

Es waren keine stillen Nächte. Immer wieder hörte Janna-Berta Kinder schluchzen oder nach ihren Eltern rufen oder mit Angstlauten aus bösen Träumen fahren. Nebenan im Kleinkindersaal riß das jämmerliche Geschrei auch tags nicht ab.

Zwei Mütter und ein Vater waren ganz in den Schulkindersaal umgezogen. Denn das Personal war knapp. Von Tag zu Tag wartete man auf Schwestern und Krankenpfleger aus den nichtbetroffenen Gebieten der Bundesrepublik. Janna-Berta hörte die Erwachsenen darüber reden. Die fühlten sich verraten und verlassen. Janna-Berta wußte Bescheid. Sie brauchte sich nur an die Frau hinter dem Türspalt zu erinnern, irgendwo am Anfang irgendeiner Lindenallee. So hatte Lara, eine blasse Neunjährige, ihre Mutter bei sich, und Florian, ein Junge in Ulis Alter, der seine braunen Locken in Büscheln verlor, wurde von seinen Eltern umsorgt. Die drei Erwachsenen schienen glimpflich davongekommen zu sein. So gut es ging, kümmerten sie sich auch um die anderen Kinder. Florians Vater sagte zwar zu Janna-Berta: »Du hast nicht viel abgekriegt, du kannst dir selber helfen.« Aber Florians Mutter setzte sich manchmal zu ihr und strich ihr übers Haar. Dann mußte Janna-Berta weinen.

Wenn sie sich durch den Gang auf die Toilette schleppte, hörte sie den Gesprächen der Kranken und der Schwestern zu. Bald wurde ihr klar: Es mußte eine sehr viel größere Katastrophe als in Tschernobyl stattgefunden haben. Man sprach von Tausenden von Toten und vom Vieh, das in den Ställen und auf den Weiden verendet war. Aber niemand wußte Genaues, alle vermuteten nur. Jemand erzählte, daß der Druckbehälter des Reaktors geborsten sei. Das Gerücht hielt sich hartnäckig, daß man die Sache noch nicht wieder im Griff habe. Die Ruine strahle weiter. Alle Kernkraftwerke in der Bundesrepublik seien vorläufig abgeschaltet worden.

»Du mußt dich beeilen mit dem Gesundwerden«, hörte Janna-Berta eine der Krankenschwestern zu Ayse sagen. »Sonst wirst du noch die letzte Türkin in Deutschland. Deine Landsleute hauen scharenweise ab.«

»Die Asylanten auch«, berichtete eine Putzfrau. »Überhaupt alle Ausländer. Und jede Menge Deutsche.«

Immer wieder drehten sich die Gespräche um *die Wolke*, die angeblich je nach Windrichtung hin- und herzog und Panik in den gefährdeten Gebieten des In- und Auslands erzeugte.

»Eine Teufelswolke!« sagte die Putzfrau, während sie den Saal feucht wischte. »Sie macht alles, nur nicht das, was die Wetterfrösche voraussagen. Bei Westwind zieht sie nach Norden . . .«

Von den Frauen, die das Essen verteilten, erfuhr Janna-Berta, daß die Lebensmittelpreise vom einen zum anderen Tag in die Höhe geschnellt waren. Die Bevölkerung in den nicht betroffenen Landesteilen hatte die Supermärkte gestürmt, um sich unverseuchte Vorräte anzulegen.

»Was ist mit der Schule?« fragte Lara. »Muß ich alles nachholen, was die anderen jetzt machen?«

»Nein«, antwortete Laras Mutter. »Die andern gehn jetzt auch nicht zur Schule. Du versäumst nichts.«

Einmal unterhielten sich zwei Krankenschwestern über die Sperrzonen. Nachdem Janna-Berta eine Weile zugehört hatte, begriff sie, daß es offenbar drei Sperrzonen gab: Sperrzone EINS war das Umfeld des Reaktors von Grafenrheinfeld. Dort, so hieß es, habe niemand überlebt. Das Terrain war für eine unabsehbare Zeit unbewohnbar geworden. Auch die Zone ZWEI, die sich daran anschloß – sie reichte von Bad Brückenau bis Coburg –, war noch stark verseucht und würde für Jahre gesperrt bleiben. Nur die Flüchtlinge aus Zone DREI konnten hoffen, in ein paar Monaten wieder heimkehren zu dürfen.

Schlitz mußte zur Zone DREI gehören. Janna-Berta versuchte sich vorzustellen, wie lange ein paar Monate dauerten und wie eine Heimkehr ohne ihre Familie sein würde. Solche Gedanken taten weh. Sie scheuchte sie fort. Seit sie in Herleshausen lag, versuchte sie, nicht an Vati und Mutti und Kai zu denken. Vor allem nicht an Uli. Sie waren fort. Und sie selbst war allein.

Janna-Berta lag schon ein paar Tage im Nothospital Herleshausen, wie viele wußte sie nicht genau, da kündigte sich hoher Besuch an: Der Bundesinnenminister bereiste das Katastrophengebiet. Auch in Herleshausen hatte er sich angesagt, um das Nothospital zu besichtigen, in dem viele lagen, die am Grenzübergang verletzt worden waren.

Laras Mutter war sehr aufgeregt.

»Wir müssen lüften«, rief sie, »und die Bettlaken wechseln!«

Sie lief hinaus in den Gang und kam nach einer Weile niedergeschlagen zurück. »Nichts funktioniert«, jammerte sie. »Wir sitzen auf Bergen von schmutziger Wäsche. Die Laken sind verstrahlt, heißt es. Da traut sich keiner ran. Und neue Wäsche kommt auch nicht herein –«

Sie riß die Fenster auf, obwohl es ein sehr kühler Tag war, setzte sich neben ihre Tochter, zog einen Kamm unter der Matratze hervor und begann hastig, Lara zu kämmen. Janna-Berta sah, wie sie die Haare, die im Kamm hängenblieben, vor dem Kind zu verbergen suchte und heimlich unter die Matratze schob. Lara war zu schwach, die Matratze zu heben.

»In die Ruine sollte man ihn jagen!« rief Florians Vater. »*Das* hieße Gerechtigkeit!«

»Da müßtest du viele Politiker hineinjagen«, sagte Florians Mutter. »Die ganze Todeszone um Grafenrheinfeld würde nicht für alle ausreichen, die an dem Elend mitschuldig sind – Politiker oder nicht. Aber wir können uns nicht beschweren. Wir leben in einer Demokratie und haben die Politiker, die wir verdienen.«

»Einen krieg ich heute zu fassen!« rief der Vater.

Die Mutter winkte müde ab.

Janna-Berta stellte sich den Innenminister vor. Sie sah ihn heiter, mit spöttisch herabgezogenen Mundwinkeln. So kannte sie ihn aus dem Fernsehen und von Zeitungsfotos. Die Eltern hatten oft von ihm gesprochen und sich über ihn ereifert.

»Fragen werd ich ihn«, begann Florians Vater wieder. »Fragen, ob er ein gutes Gewissen hat.«

»Seine Leute würden's so weit gar nicht kommen lassen«, sagte Florians Mutter. »Und wenn, ist er um eine Antwort bestimmt nicht verlegen.«

Der Vater schwieg.

»Ich frag mich, ob solche Leute überhaupt ein Gewissen haben«, sagte die Mutter.

»Bitte«, sagte Laras Mutter, zu Florians Vater gewandt, »machen Sie keine Szene.«

Florians Vater schlug mit der Faust gegen die Bettpfanne, die er gerade zu seinem Sohn trug. Sie dröhnte wie ein Gong. Dann schob er sie Florian liebevoll unter und beugte sich über ihn, der vor Schreck über den erregten Wortwechsel in Tränen ausgebrochen war.

Um die Mittagszeit knatterte ein Hubschrauber im Tiefflug über die Schule. Wenig später fuhren draußen auf dem Platz Polizeiwagen und ein Jeep vor. Janna-Berta hatte sich aufgerichtet und schaute durch das Fenster hinaus. Unter den Männern, die ausstiegen, erkannte sie den Minister. Heute lächelte er nicht. In einer Art Overall stand er zwischen Polizisten und Begleitern in Zivil, die sich um ihn scharten. Alles Männer. Vielleicht seine Mitarbeiter, vielleicht Behördenvertreter des Ortes und des Kreises. Einer der Ärzte begrüßte den Minister ernst, fast finster. Dann verschwand der Troß aus Janna-Bertas Gesichtsfeld.

Sie verließ das Bett und versuchte das Wandbord mit den Steinfiguren zu erreichen. Fünf, sechs Schritte – was für ein weiter Weg! Dann klammerte sie sich an das Bord und griff nach der erstbesten Steinfigur.

»Was hast du vor, du dort?« rief ihr Laras Mutter zu. »Marsch ins Bett!«

Aber Janna-Berta blieb beim Bord stehen. Sie fühlte sich schwach. Der Schweiß brach ihr aus. Sie sah erwartungsvoll zu Florians Vater hinüber. Kerzengerade stand er zwischen den Betten. Im Saal war es still geworden. Alle horchten. Von nebenan war jetzt deutlich das Kleinkindergeplärr zu hören.

Draußen auf dem Gang wurden Schritte und Stimmen laut. Janna-Berta starrte zur Tür. Aber als sie sich öffnete, konnte Janna-Berta weder den Minister noch seine Begleiter sehen. Der Türflügel versperrte ihr die Sicht.

»Das ist der Schulkindersaal für die leichteren Fälle«, hörte sie den Arzt sagen. »Etwa die Hälfte der Kinder hat reelle Chancen durchzukommen.«

Der Minister grüßte. Nur Laras Mutter und ein paar Kinder antworteten schüchtern. Janna-Berta spähte wieder zu Florians Vater hinüber. Aber der blieb stumm.

»Sie haben recht, Doktor«, hörte sie den Minister sagen. »Schlimm, die Zustände hier, schlimm. Ich werde sofort veranlassen, daß die Versorgung Ihres Hospitals höchste Priorität erhält. Höchste Priorität. Bald kommt alles wieder in Ordnung.«

Janna-Berta hob die Hand mit der Steinfigur. Florians Vater – warum sprach er nicht? Aber da schloß sich schon die Saaltür. Der Minister hatte es wohl eilig. Die steinerne Figur prallte gegen die Türfüllung und polterte auf den Fußboden.

»Und der Uli?« rief Janna-Berta. »Wie kommt der wieder in Ordnung? Und meine Eltern und Kai und Jo?«

Die Kinder starrten sie erschrocken an. Sie kannten sie nur stumm.

»Bist du verrückt geworden?« rief Laras Mutter.

»Und Almut, und ihr Kind?« schrie Janna-Berta.

Draußen auf dem Gang entstand Lärm. Patienten aus anderen Sälen schienen sich dort zu versammeln. Ein kleines Mädchen, das neben Ayse lag, rief nach seiner Mutter.

»Und ich? Und ich?« schrie Janna-Berta. »Und die da? Wie kommt das alles wieder in Ordnung?«

»Sei doch still!« rief Laras Mutter. »Und geh endlich zurück in dein Bett!«

Aber Janna-Berta konnte das Bord nicht loslassen. Vor ihren Augen flimmerte es. Der Lärm auf dem Gang nahm zu: Drohgeschrei, Sprechchöre, lautes Weinen, dazwischen die Stimme des Ministers. Scherben klirrten, eine Tür fiel ins Schloß. Dann ebbte der Lärm ab. Ein paar Kinder kletterten aus ihren Betten und spähten durch den Türspalt hinaus.

»Er ist weg«, berichteten sie. »Und die Schwingtür ist kaputt. Und alle gehen wieder in ihre Zimmer.«

»Ach Kind«, sagte Florians Mutter zu Janna-Berta und führte sie zu ihrem Bett zurück. »Du hast ja recht. Aber so geht's halt auch nicht.«

Florians Vater saß neben seinem Jungen auf der Bettkante und stützte den Kopf in die Hände.

»Sie hat Mut«, sagte Florians Mutter zu ihm.

»Mut?« rief Ayse. »Das war *Wut*!«

7

Seit dem Besuch des Ministers aß Janna-Berta wieder. Sie war geradezu heißhungrig. Und sie hatte wieder Hoffnung. Jedesmal, wenn die Tür aufging, schaute sie erwartungsvoll hinüber. Warum eigentlich sollten die Eltern, sollten Kai und Jo tot sein? Vielleicht waren sie doch noch rechtzeitig herausgekommen, hatten den letzten Zug erwischt oder einen Bus, der auf einer unverstopften Straße die Stadt hatte verlassen können. Und eines Tages stünde Mutti in der Saaltür, Kai auf dem Arm, lachend! Vati mit ausgebreiteten Armen im Türrahmen!

Sie sprach auch wieder. Vor allem sprach sie mit Ayse. Ihr sagte sie, wie sie hieß, und erzählte ihr von Uli und davon, daß Almut schwanger war. Und Ayse erzählte ihr, daß sie einen deutschen Freund hatte, fünfzehn Jahre alt, und daß ihre Eltern ihr verboten hatten, ihn zu treffen.

»Rüdiger heißt er«, sagte sie. »Und ich treff mich doch mit ihm!«

Aber sie sprach oft und zärtlich von ihren Eltern und Geschwistern. Dann hatte sie Tränen in den Augen.

Zwei Tage nach dem Ministerbesuch fuhren Lastwagen vor und wurden abgeladen. Neue Bettlaken wurden aufgezogen, die Berge schmutziger Wäsche abgefahren. Janna-Berta und Ayse bekamen frische Nachthemden. Die Krankenschwestern brachten Beutel und Pakete in den Saal und stapelten den Inhalt in den Lehrerschrank und auf das Wandbord. Die Kinder holten sich die Steinfiguren aus dem Papierkorb und spielten mit ihnen.

Auch neues Pflegepersonal traf ein: eine Krankenschwester, ein Pfleger und zwei Zivildienstleistende. Einer wurde den beiden Kindersälen zugeteilt, ein Kölner. Er wurde Tünnes gerufen und ließ es sich gefallen. Tünnes war gesprächig und brachte eine Menge Neuigkeiten von draußen mit.

»Achtzehntausend Tote«, erzählte er, während er ein Kind fütterte. »Und jeden Tag werden es mehr. Vorgestern haben sie den nationalen Notstand ausgerufen.«

Nicht nur die Kinder hörten ihm zu. An der Saaltür drängten sich auch erwachsene Patienten und lauschten.

»Bis Coburg, Bayreuth und Erlangen haben sie geräumt«, berichtete er, »jetzt evakuieren sie auch Würzburg und das Drumrum, weil's Nordwind geben soll. Sogar in der DDR, von Suhl bis Sonneberg – alles geräumt. Und das Mistding hört nicht auf zu strahlen! Einen Spezialistentrupp nach dem anderen lassen sie dran: Alles für'n Arsch. Pardon, aber so isses.«

Er wollte mit einer Bettpfanne hinaus. Aber die Kinder riefen ihn zurück.

»Erzähl weiter, Tünnes!«

»In den ersten Tagen hat halb Europa in den Kellern gesessen«, sagte er und schwenkte die Pfanne. »Sogar die Franzosen. Bei uns in Köln hat sich so gut wie nichts mehr auf den Straßen gerührt. Nur die am Verhungern waren, kamen aus den Löchern gekrochen. Ämter, Fabriken, Läden, Schulen – alles zu. Rat gab's nirgends. Sogar die Alten waren sprachlos, die sonst immer ganz genau wissen, wo's längs geht. Meine Schwester ist fast verrückt geworden: zwei Kinder, drei und fünf, und dann tagelang im Keller! Zum Schluß hat sie sie bloß noch vertrimmt. Aber wie wir dann wieder raufkonnten, ging's auch nicht viel besser. War ja alles verseucht und verstrahlt, von wegen die Kinder rauslassen. Es heißt ja, in ganz Mitteleuropa müßte die oberste Erdschicht abgetragen werden. Eigentlich. Und was soll auf den Tisch? Halb totgeschlagen haben sie sich um alte Konserven, und wie argentinisches Frischfleisch reinkam, gab's Schlangen um den ganzen Block. Aus deutschen Landen frisch auf den Tisch? – Kannste alles vergessen. Meine Leute ziehen jetzt immer die Schuhe vor der Haustür aus, aber was mit unserem Garten werden soll, dazu fällt ihnen auch nichts ein. Wenn's regnet, fängt die Mutter an zu weinen. Und der Vater hat schon am zweiten Tag unsere beiden Hunde erschlagen, an denen er so gehangen hat. Die hätten ja Auslauf gebraucht. Und wer hat schon zentnerweise Hundefutter im Haus! Erst wollte sie mein Vater einschläfern lassen. Aber kein Tierarzt wollte aus dem Haus, und mein Vater traute sich natürlich auch nicht. Da hat er sie mit dem Beil erschlagen. Meine Mutter hat geheult, wie sie das Gewinsel gehört hat. Die ganze Waschküche war voll Blut.«

Florian fing an zu weinen.

»Und wie ist es jetzt?« fragte Laras Mutter. »Haben sich die Dinge ein bißchen normalisiert?«

»Normalisiert«, sagte Tünnes. »Was heißt ›normalisiert‹? Normal wird hier gar nichts mehr, wenn Sie verstehn, was ich meine. Mein Vater zum Beispiel: Der ist schon seinen Job los. Internationale Spedition, das war mal. Kein Land läßt unsere LKWs über die Grenze. Auch auf den Flugplätzen läuft übrigens nicht mehr viel. Will ja niemand mehr rein. Nur raus wollen viele. Und die will wieder keiner haben. So sieht's aus, Herrschaften. Genau so. Aus. Ende. Amen.«

Auch zwei Fernsehgeräte gab es jetzt im Hospital: Das eine hatte die neue Schwester mitgebracht. Es stand im Personalraum. Das andere war angeliefert worden; auf gemeinsamen Beschluß hin sollte es reihum durch die Säle wandern. Alle, die sich auf den Beinen halten konnten, drängten sich in den Saal, wo das Gerät gerade stand. Es gab Ärger mit den Ärzten und Schwestern. Schließlich stellte die neue Schwester ihr Gerät tagsüber auf ein Tischchen im Gang, und Tünnes brachte nach dem ersten Wochenendurlaub seinen alten Schwarzweißen mit.

»Für euch«, sagte er, räumte das Wandbord ab und hob ihn darauf.

Von nun an lagen alle Kinder so, daß sie die Mattscheibe sehen konnten. Aber es kamen nicht die lustigen Kindersendungen, die sie kannten. Es kamen fast nur Nachrichten, Berichte aus dem Unglücksgebiet, Suchmeldungen, Expertengespräche – und jede Stunde wurde über die Wetterlage, die Windrichtung und die neuesten Strahlungsmeßwerte informiert, begleitet von ernster Musik.

Atemlos verfolgte Janna-Berta eine Reportage über die Unterbringung der Millionen von Evakuierten und Flüchtlingen außerhalb der Katastrophenzonen. Man verteilte die Obdachlosen über das ganze noch bewohnbare Bundesgebiet. Das ging nicht ohne harte Maßnahmen: Aller Wohnraum war registriert worden und wurde nun zwangsverwaltet. Ayse lachte, als man eine wütende Villenbesitzerin zeigte. Sie wollte keine Leute aus dem Katastrophengebiet in ihr Haus aufnehmen, noch dazu mit drei Kindern! Aber sie mußte.

Als die Tagesschau begann, wandten sich die meisten Kinder ab. Tünnes wollte ausschalten, aber Janna-Berta und Ayse baten darum, die Sendung sehen zu dürfen.

Sie sahen riesige Demonstrationen, auf denen die endgültige Abschaltung aller europäischen Kernkraftwerke und der Rücktritt der deutschen Regierung gefordert wurden. Bei einer der Demonstrationen hatte es sechs Tote gegeben. Der Zorn hatte sich vor allem gegen den Innenminister gerichtet.

»Der klebt an seinem Sessel«, sagte Tünnes, der gerade vorüberkam. »Dabei hätten sie ihn auf seiner Informationsreise ein paarmal fast totgeschlagen.«

Die DDR protestierte zum wiederholten Mal und verlangte Schadenersatz, in der Tschechoslowakei hatte sich eine aufgebrachte Menge vor der deutschen Botschaft versammelt, die Österreicher demonstrierten schon seit Tagen an der bayerischen Grenze, die man sie nicht passieren ließ.

Dann wurde von der internationalen Spendenaktion berichtet, der angeblich größten seit dem Zweiten Weltkrieg. Ayse gähnte. Janna-Berta dachte an die Spendenbüchse, mit der sie einmal während eines Schulfestes für Hungernde in Afrika geklappert hatte. Auch sie fühlte sich erschöpft. So viel Neues, Unglaubliches hatte sie an diesem Tag erfahren!

Doch bei den abschließenden Suchmeldungen wurden die beiden Mädchen wieder hellwach: Eltern suchten ihre Kinder, Kinder ihre Eltern, alte Leute wurden vermißt, Fotos von nicht identifizierten Toten erschienen auf der Mattscheibe, es war von einer Suchkartei und einer Totenliste die Rede. Ein Sprecher verlas Namen und Adressen.

»Die Karteien«, erklärte Tünnes, »hat das Rote Kreuz zusammengestellt. Wenn ihr mir die Namen eurer Leute aufschreibt, erkundige ich mich nach ihnen. Okay?«

Sie fanden ihn toll.

»Fast wie Rüdiger«, meinte Ayse.

Janna-Berta dachte an die Jungen ihrer Klasse. Ganz nette Typen, aber keiner darunter, für den sie sich hätte begeistern können. Nicht einmal für Elmar, der alles konnte und alles wußte. Ihren Freund hatte sie sich immer wie Reinhard vorgestellt, Almuts Mann. Nur jünger.

Sie flüsterte noch lange mit Ayse, auch nachdem das Hauptlicht längst gelöscht war. Sie konnten beide nicht einschlafen. Janna-Berta dachte an die Bilder der Toten. Wenn Vati und Mutti, wenn Kai und Jo wirklich tot waren – sahen sie dann so aus?

Achtzehntausend Tote, Hunderttausende von Strahlenkranken, verseuchte Gegenden, ganze Landkreise, die auf Jahre hinaus unbewohnbar sein würden, verbotenes Land, abgeriegelt und eingezäunt mit Stacheldraht – Janna-Berta versuchte vergeblich, sich das alles vorzustellen.

Während der nächsten Tage ließ sie keine Nachrichtensendung aus. Sie wollte alles wissen, ganz genau.

»Weißt du, was sich die Frauen auf dem Klo erzählen?« flüsterte Ayse. »Ein paar Kilometer um das Kernkraftwerk sollen sie auf alle Leute geschossen haben, die flüchten wollten. Weil die doch ganz verseucht waren. Glaubst du das?«

»Nein«, antwortete Janna-Berta. »Ich glaub nicht, daß so was bei uns passieren kann.«

Plötzlich starrte Ayse zur Tür. Ihre Augen wurden groß. Sie schrie etwas auf türkisch. Janna-Berta sah, wie sie auf einen hageren Mann mit dunklem Haar und Schnauzbart zustürzte. Er fing sie auf, hob sie hoch und umarmte sie stürmisch.

Ayses Vater war gekommen. Aus Wangerooge. Dorthin hatte es Ayses Familie verschlagen. Eng umschlungen saßen sie nebeneinander auf Ayses Bett und erzählten einander mit vielen Gesten. Janna-Berta verstand kein Wort. Und immer wieder weinten sie, Vater und Tochter, gemeinsam. Sie waren so laut!

Janna-Berta fühlte sich einsam. Sie drehte sich zur Wand. Jetzt würde bald ein fremdes Kind neben ihr liegen.

Doch am Abend mußte der Vater ohne die Tochter abreisen. Der Arzt hatte Ayse noch nicht entlassen.

»Nicht vor vierzehn Tagen, hat er gesagt«, schluchzte sie, nachdem sie den Vater bis zur Tür begleitet hatte. »Jetzt müssen wir die Heimreise verschieben! Nur wegen mir!«

»Die Heimreise?« fragte Janna-Berta. »In die Türkei? – Und was wird mit Rüdiger?«

Ayse antwortete nicht.

Zwei Wochen und zwei Tage war Janna-Berta nun in diesem Hospital, das wußte sie inzwischen.

»Wenn du noch eine Woche ohne ernsthafte Beschwerden bleibst, hast du's wahrscheinlich hinter dir«, sagte der Arzt. »Du bist glimpflich davongekommen. Eine Woche, dann kann ich dich entlassen.«

»Wohin entlassen?« fragte sie und dachte an Schlitz. Aber dort durfte man nicht hin. Auch nicht nach Bad Kissingen, wo Almut und Reinhard zu Hause waren.

Die Frau vom Roten Kreuz, die für den Suchdienst Formulare ausfüllte und dafür jedes Kind, das sich ohne Eltern im Hospital aufhielt, unendlich geduldig ausfragte, kam wieder an Janna-Bertas Bett.

»Deinen Namen kennen wir ja nun«, sagte sie. »Aber deine Eltern sind noch nicht erfaßt. Ich habe nachgefragt.«

Janna-Berta sah sie an.

»Sie können doch nur lebendig oder tot sein«, sagte sie.

»Gewiß«, antwortete die Frau. »Aber erst ein Bruchteil der Evakuierten sind in der Suchkartei registriert. Das geht nicht so schnell. Und auf der Totenliste stehen auch noch längst nicht alle, die umgekommen sind. Du mußt Geduld haben. Es werden täglich neue Namen in die Suchkartei aufgenommen. Du hast doch sicher auch anderswo Verwandte, nicht nur in der verseuchten Gegend.«

Helga in Hamburg. Doch zu ihr zu müssen, während man

nicht wußte, was hier mit den Eltern und Kai und Jo geschehen war – nein, das wollte sich Janna-Berta nicht vorstellen.

»Ich habe das Adreßheft nicht mehr«, antwortete sie der Frau. »Es liegt zusammen mit meinem Fahrrad auf dem Bahndamm von Asbach.«

Sie verschwieg, daß sie Helgas Adresse auswendig wußte. Sie wollte nicht zu Helga geschickt werden. Sie wollte sie nicht einmal anrufen. Denn so, wie sie Helga kannte, würde sie sofort herkommen und sie holen und über sie bestimmen, bis ihre Eltern in der Lage wären, sie wieder zu sich zu nehmen. Und wenn sie nicht mehr lebten, mußte sie bei Helga bleiben, die allein lebte. Die immer allen ein Vorbild sein wollte.

Nein, Janna-Berta hatte andere Pläne. Sie wollte das Hospital heimlich verlassen und die Eltern und Kai und Jo suchen gehen. Sie hatte einmal eine Geschichte aus dem Zweiten Weltkrieg gelesen, in der ein Mädchen seine verschollene Familie gesucht hatte. Nach einer langen Irrfahrt hatte es sie auch gefunden, und alles war gut ausgegangen. Janna-Berta hatte beim Lesen geweint.

Nur ein paar Tage wollte sie noch abwarten. Vielleicht tauchten ihre Namen doch bald in der Suchkartei auf? Oder Vati und Mutti erschienen selber?

»Hast du nachgefragt, Tünnes?« rief sie.

»Am Wochenende«, versprach er. »Da hab ich Zeit.«

Sie schaute jetzt oft zum Fenster hinaus. Es konnte ja sein, daß Vati oder Mutti –. Sie sah, wie Angehörige mit erwartungsvollen Gesichtern kamen, wie sie gingen – manche erleichtert, manche bedrückt. Sie sah, wie Kranke eingeliefert, Särge hinausgetragen wurden. Und dann sah sie wieder die Frau vom Roten Kreuz kommen. Janna-Berta winkte ihr zu, als sie im Saal auftauchte.

»Haben Sie was über meine Eltern erfahren?« rief sie ihr entgegen.

Aber die Rot-Kreuz-Frau tat, als sehe und höre sie nichts. Sie ging zum Arzt, der in der anderen Ecke des Saals ein Kind untersuchte, und sprach mit ihm. Janna-Berta sah, wie sie für einen

Augenblick zu ihr herüberschauten. Dann kam die Frau an ihr Bett.

»Nichts Neues«, sagte sie traurig. »Wir müssen weiter warten.«

»Arme Janna-Berta«, sagte Ayse.

Janna-Berta fühlte eine matte Wut.

Montag früh erschien Tünnes pünktlich im Saal. Er wirkte anders als sonst.

»Hast du was erfahren?« rief ihm Janna-Berta zu.

Nein. Er hatte noch gar nicht beim Roten Kreuz angerufen. Er war auf einer Demo an der französischen Grenze gewesen. Janna-Berta wußte Bescheid: Am Sonntagabend in der Tagesschau war von dieser Demonstration gegen die französische Energiepolitik berichtet worden. Es hatte schwere Ausschreitungen gegeben. Sogar französisches Militär war eingesetzt worden. Sechs Deutsche und zwei Franzosen waren ums Leben gekommen.

»Meine Eltern waren auch auf der Demo«, berichtete Tünnes kopfschüttelnd. »Mitten drin! Das muß man sich vorstellen – meine alten Herrschaften!«

Er versprach Janna-Berta, bei der nächsten Gelegenheit, die sich ihm bieten würde, beim Roten Kreuz anzurufen.

Sie lag nicht mehr den ganzen Tag. Sie half den Schwestern, zusammen mit Ayse. Sie spielte mit den Kindern und fütterte sie, wenn sie zu schwach waren, selber den Löffel zum Mund zu heben. Sie erzählte Geschichten und sang Lieder, die sie von Oma Berta gelernt hatte. Und sie tröstete.

»Janna-Berta, Janna-Berta!« riefen die Kinder, und sie kam, obwohl sie spürte, wie schwach sie noch war. Ab und zu ließ sie sich erschöpft auf ihr Bett fallen. Aber sobald ein Kind nach ihr rief, stand sie wieder auf. Alle sollten sehen, daß sie gar nicht mehr in ein Krankenhaus gehörte!

Auch Ayse wollte flüchten. Der gemeinsame Fluchtplan stand fest und war längst bis in alle Einzelheiten besprochen. Nur auf Tünnes war kein Verlaß. Er fuhr zur Wäscherei, er fuhr zur Großbäckerei, und jedesmal kam er unverrichteter Dinge zurück. Er hätte vergessen anzurufen, behauptete er beim ersten Mal, und während der zweiten Fahrt hatte er angeblich keine Zeit gehabt. Dann war es Janna-Berta und Ayse so, als ginge er ihnen aus dem Weg, wann immer er konnte.

In diesen Tagen starben einige Kinder aus dem Saal – eines an einer plötzlichen Lungenentzündung, gegen die sich der Körper nicht wehrte, ein anderes an einer simplen Angina, ein drittes, Florian, welkte innerhalb weniger Tage einfach weg. Er starb so unerwartet, daß seine Mutter immer wieder stammelte: »Das muß doch ein Irrtum sein –« So lange, bis der Vater sie anschrie: »Jetzt sei doch, verdammt noch mal, endlich still!«

Als sie das Kind hinaustrugen, weinte der Vater. Janna-Berta sah ihnen durch das Fenster nach. Ihr kam ein Vers in den Sinn, den Mutti sich damals, nach Tschernobyl, ausgedacht und bei den Demonstrationen auf einem Transparent vor sich hergetragen hatte:

Ene dene dimpedil,
Wer hat Angst vor Tschernobyl?
Millirem und Becquerel,
Kleine Kinder sterben schnell.
Aus der Wolke
Strahlt's heraus –
Und du
Bist
Aus!

Auf der anderen Seite des Vorplatzes standen ein paar kleine Jungen und starrten herüber. Die Herleshäuser Kinder kamen nie bis an die Fenster oder die Tür ihrer Schule. Scheu spähten sie von einem sicheren Platz aus, bereit, jeden Augenblick fortzulaufen. Man hatte ihnen wohl erzählt, daß die Schule verseucht war.

Am selben Abend bekam Ayse hohes Fieber, und am nächsten Morgen verlor auch Janna-Berta jeden Appetit. Sie fühlte sich schlapp, fieberte und litt an Durchfall. Ihre Mandeln schwollen an und schmerzten. Der Arzt beugte sich über sie und fuhr ihr über den Kopf. Zwischen seinen Fingern blieben Strähnen ihres blonden Haars hängen. Er nickte bekümmert. Also doch.

Aus der Flucht würde nichts mehr werden. Sehnsüchtig sah Janna-Berta Lara nach, die entlassen wurde. Verwandte holten Mutter und Tochter ab. Sie hatten Glück.

Den meisten anderen Kindern im Saal ging es ähnlich wie Ayse und Janna-Berta: Nach Tagen scheinbarer Gesundheit ging es ihnen elender als zuvor. Gequält von hohem Fieber und Durchfall, wimmerten sie vor sich hin oder dösten teilnahmslos. Ayse begann eines Morgens, hysterisch zu schreien. Sie hatte sich gekämmt, und dicke Strähnen ihres üppigen schwarzen Haars waren im Kamm hängengeblieben. Auf ihrer Kopfhaut erschienen kahle Stellen. Als Janna-Berta tröstend den Arm um sie legte, schlug sie nach ihr. Erschrocken starrten die anderen Kinder zu ihr hinüber und fuhren sich verstohlen über die eigenen Köpfe.

»Es tut ja nicht weh, Kleines«, versuchte die Schwester zu trösten. »Und später wächst es wieder.«

Janna-Berta fühlte selber die Angst vor einem Kahlkopf in sich heraufkriechen. Ein Mädchen mit Glatze – das wirkte nicht mitleiderregend, sondern komisch. Sie stellte sich vor, wie es sein mußte, ausgelacht zu werden. Und sie beschloß, sich nicht mehr zu kämmen.

Gleichgültig ließ sie die Untersuchungen der Ärzte über sich ergehen, nahm sie ihr hilfloses Achselzucken wahr.

»Alle diese Fälle gehörten in eine Spezialklinik«, hörte sie einen der Ärzte zu einer Schwester sagen.

»Aber es sind Zehntausende«, sagte die Schwester.

»Zehntausende?« entgegnete der Arzt. »Hunderttausende! Die, die spätestens in ein paar Jahren dran sind, nicht mitgezählt.«

Er dämpfte die Stimme und zeigte auf Ayse und Janna-Berta. Durch die halbgeschlossenen Augenlider sah Janna-Berta seine Hand. »Schöne Zukunft. Wenn ich daran denke, daß – «

Er brach ab, verstummte und schritt mit müdem Gesicht weiter. Ayse wälzte und krümmte sich im Bett und stöhnte. Schließlich lag sie auf den Knien, mit dem Rücken zum Kopfende, und beugte sich so weit vornüber, daß sie mit dem Kopf die Matratze berührte.

»Was machst du denn?« rief Janna-Berta erschrocken.

»Ich bete«, keuchte Ayse und wischte sich den Schweiß ab.

»Glaubst du, das hilft?« fragte Janna-Berta.

Aber Ayse antwortete nicht. Mit geschlossenen Augen richtete sie sich auf und verbeugte sich wieder, auf – ab, auf – ab, bis Janna-Berta darüber die Augen zufielen.

Schwerkranke Kinder wurden hinausgetragen, frisch eingelieferte in die noch nicht ausgekühlten Betten gelegt. Janna-Berta hatte kaum die Kraft, denen, die fort mußten, nachzuwinken. Von den altvertrauten Bettnachbarn blieb ihr nur Ayse. Die wollte mit ihr fast nur noch über ihre Haare sprechen. Janna-Berta mußte Ayses Hinterkopf betrachten und schildern, wie er aussah. Aber auch sie selber beschäftigte sich viel mit ihren Haaren. Sie bat Ayse, sie ganz behutsam zu kämmen. Und dann kam es doch zu Zornausbrüchen und Tränen, weil Ayse auf einmal ein Riesenbüschel im Kamm hatte.

Janna-Bertas Sehnsucht nach Mutti und Vati wurde immer größer. Wenn sie an ihrem Bett säßen, wenigstens einer von ihnen, und ihr übers Haar strichen – nein, nicht übers Haar! – oder sie nur lieb ansähen, dann – ja, das wußte sie genau, dann würde sie auf der Stelle gesund werden, aufstehen können und fortgehen.

»Lieber Gott«, betete sie, »laß sie leben und kommen!« Und sie fügte hinzu: »Sonst gibt es dich nicht.«

Sie stellte ihn auf die Probe, stellte ihm Bedingungen. Sie wollte bis fünfzig zählen. So lange gab sie Gott Zeit, ihre Eltern herzuschaffen. Bei dreiundvierzig öffnete sich die Tür. Janna-Berta hob den Kopf. Aber es war nur Tünnes mit den Fieberthermometern.

»Tünnes«, fragte sie matt, »hast du endlich gefragt?«

»Ja«, sagte er und versuchte, ihrem Blick auszuweichen. »In den Karteien sind sie nicht. Immer noch nicht.«

»Auch nicht meine Großmutter?« fragte sie ratlos.

Er schüttelte den Kopf. »Weiß der Himmel, wo die sind«, sagte er. »Jedenfalls ist vorläufig noch alles offen. Und du werd erst mal gesund, dann sehen wir weiter.«

»Ich glaub, du willst mich nur schonen«, sagte sie.

Tünnes fiel ein Thermometer vom Tablett, und er mußte die Scherben zusammenkehren. Später, nachdem alle Fieber gemessen hatten, kam er an Janna-Bertas Bett vorbei und strich ihr über den Kopf.

»Nicht über die Haare«, sagte sie erschrocken. »Man braucht nur in die Nähe zu kommen, dann gehn sie schon aus.«

Sie nahm seine Hand, legte sie sich quer über die Augen und hielt sie so lange fest, bis er fortgerufen wurde.

An diesem Abend interessierte sich Janna-Berta wieder für die Nachrichten. Aber sie verstand die Zusammenhänge nicht mehr. Von einem Regierungswechsel war die Rede, es wurde verabschiedet, begrüßt und geschworen. Im Regierungsviertel von Bonn waren zahlreiche Scheiben zu Bruch gegangen. Ungenehmigte Demonstrationen. Protestierende. Menschen aus dem Katastrophengebiet. Der Sprecher nannte die Zahl fünfzigtausend. Man sah Kolonnen von Straßenkehrern, die Scherben zusammenfegten. Dann in Großaufnahme zwei tote Rehe im Gras: In Nord- und Ostbayern verende das Wild zu Tausenden, sagte der Sprecher.

Tote Rehe im Gras. Janna-Berta mußte an Uli denken. Sie schloß die Augen und drehte den Kopf weg.

Ayse bat Tünnes, ihr ein Kopftuch zu besorgen. Da wollte Janna-Berta eine Mütze haben. Gleich am nächsten Vormittag kam er mit einer ganzen Schachtel voll Mützen an. Er hatte sie von Haus zu Haus gesammelt, Kindermützen, manche schon gestopft, verfilzt, ausgebleicht. Aber die Kinder rissen sich darum. Ayse überreichte er mit einer kleinen Verbeugung ein Kopftuch. Glücklich band sie es sich um und zog sich eine letzte Locke tief in die Stirn.

»Merkt man noch was?« fragte sie.

Janna-Berta schüttelte den Kopf. Sie probierte die Mütze. Eine Mütze im Bett? Sie schob sie unter das Kopfkissen.

Als sie zur Toilette ging, langsam, die Wände entlang, traf sie Tünnes im Gang. Er grinste sie an und sagte: »Hat dir schon mal jemand gesagt, daß du ein Lilofee-Gesicht hast?«

Sie lehnte sich an die Wand und unterdrückte den Brechreiz.

»Ich hab kein Lilofee-Gesicht«, sagte sie, »was immer das sein mag. Ich hab überhaupt kein Gesicht wie irgend jemand. Höchstens wie meine Eltern und Großeltern.«

»Ich kann's eben nicht anders ausdrücken«, sagte Tünnes verlegen.

»Sieh mich gut an«, sagte sie. »Und merk dir, wie ich mit Haaren aussehe: In ein paar Tagen bin ich kahl.«

»Äußerlichkeiten«, sagte er.

»Glaubst du, daß ein Junge sich in ein Mädchen mit Glatze verlieben kann?« fragte sie.

Er sah sie an, dann hob er den Kopf, starrte auf eine Wandtafel, die den Kreislauf des Wassers darstellte, und sagte bedächtig: »Haare sind unwichtig. Wer das anders sieht, für den bist du zu schade.«

Er nickte ihr zu und ging weiter. Sie sah ihm nach und versuchte, ihre Tränen hinunterzuschlucken. Als sie später in den Saal zurückkehrte, erzählte sie Ayse, was Tünnes zu ihr gesagt hatte.

»Bei uns ist das anders«, sagte Ayse finster.

»Es heißt, sie wachsen nach«, sagte Janna-Berta. »Aber ich glaub's nicht. Ich glaub gar nichts mehr.«

»Gar nichts mehr?« fragte Ayse. »Auch nicht, daß deine Eltern noch leben?«

Janna-Berta dachte nach.

»Doch«, sagte sie dann. »Ich glaub, das glaub ich.«

Am nächsten Morgen lächelte Janna-Berta Tünnes entgegen. Er grinste zerstreut zurück.

»Habt ihr Worte!« rief er. »Jetzt meutern die Franzosen rund um ihre eigenen Meiler! Und ihre Regierung beteuert in alle Richtungen, ihre KKWs seien die sichersten der Welt. So was wie in Grafenrheinfeld könnte bei ihnen *nie* passieren!«

»Hab ich das nicht schon mal gehört?« fragte der Arzt, der gerade vorüberkam.

Tünnes beugte sich über Janna-Berta. »Und was sagst *du* zu dem Rabatz bei den Franzosen?« fragte er.

»Nichts«, sagte sie und drehte sich zur Wand.

Sie hatte hohes Fieber, der Durchfall wollte nicht aufhören. Und ihr Laken war übersät von Haaren. Ganzen Haarbüscheln. Ein paar Tage lang kämmte sie sich nicht. Aber einmal griff ihr Ayse ins Haar und behielt die Hand voll Strähnen. Auf Janna-Bertas Kopf blieb eine große kahle Stelle zurück.

»Da siehst du«, sagte Ayse und lachte.

Janna-Berta schlug ihr ins Gesicht. Sie ließ sich von der Schwester einen Kamm geben und kämmte sich lange und wütend: Danach war sie kahl bis auf ein paar schüttere Härchen über den Ohren. Sie wühlte die Mütze unter dem Kopfkissen hervor und zog sie sich über.

Tünnes hatte eine Neuigkeit für sie: »*Du* stehst jetzt in der Suchkartei – mit deiner hiesigen Adresse!«

Die Nachricht brachte Janna-Berta ganz durcheinander. Nie hatte sie an die Möglichkeit gedacht, selber in der Kartei zu stehen.

»Jetzt werden deine Angehörigen bald auftauchen«, sagte Tünnes.

Janna-Berta versank in Gedanken. Wenn die Eltern und Jo noch am Leben waren, würden sie bestimmt beim Suchdienst des Roten Kreuzes nach ihr forschen. Es konnte noch wahr werden, daß eines Tages, vielleicht schon heute oder morgen, die Tür aufging, und Mutti oder Vati –

Ayse bemühte sich, das Tuch, das ihr vom Kopf gerutscht war, wieder zu binden. Aber sie war zu schwach. Der Schweiß brach ihr aus.

»Hilf mir«, bat sie.

Janna-Berta tat, als hörte sie nichts. Seit Ayse ihr ins Haar gegriffen hatte, sprach sie nicht mehr mit ihr. Sie zog sich die Mütze tiefer über die Ohren und legte sich so, daß sie die Saaltür im Auge behalten konnte.

8

Vier Tage später spürte Janna-Berta im Halbschlaf, daß sich jemand über sie beugte.

»Janna-Berta«, sagte eine Frauenstimme leise, und eine kühle Hand berührte ihren Arm.

Janna-Berta fuhr zusammen und riß die Augen auf. Aber es war niemand von denen, die sie erwartete, sondern Helga. Helga Meinecke aus Hamburg, Vatis Schwester.

»Da bist du also«, sagte Helga. »Warum bist du so spät in die Suchkartei gekommen? Ich dachte schon, du wärst mit deinen Eltern –«

»Wieso?« fuhr Janna-Berta auf. »Was ist mit ihnen?«

Helga sah sie betroffen an: »Weißt du denn nicht –?«

Janna-Berta schüttelte den Kopf. Ihr Gesicht verzog sich zu einer Grimasse, ihre Augen füllten sich mit Tränen. Dann stieß sie trotzig heraus: »Woher willst du das wissen? Sie stehen doch nicht in der Liste –«

Helga faßte ihre Hände und nickte. »Doch«, sagte sie. »In der Liste der Toten stehen sie – wenn es das ist, was du meinst.«

»Auch Kai?« fragte Janna-Berta fast tonlos.

»Ja.«

»Auch Jo?«

»Auch Jo.«

Da fing Janna-Berta an zu schreien. Sie schrie laut und schrill. Die Kinder im Saal starrten sie erschrocken an, und ein paar Kleine schrien mit. Tünnes kam in den Saal gestürzt, hinter ihm eine Schwester. Sie schoben Helga beiseite und beugten sich über Janna-Berta. Die schlug nach ihnen.

»Lügner!« schrie sie, riß sich die Mütze ab und schleuderte sie Tünnes ins Gesicht. Er hielt Janna-Berta fest, bis ihr die Schwester eine Spritze gegeben hatte. Ihr Schreikrampf löste sich. Die

Lider fielen ihr zu. Sie stöhnte noch eine Weile, dann verstummte sie.

»Ich hab's nur gut gemeint«, sagte Tünnes. »Krank wie du bist –«

Er legte ihr die Mütze auf die Decke. Sie wischte sie weg.

Tünnes hob hilflos die Schultern und ließ sie wieder fallen. Als ihn jemand vom Gang her rief, verschwand er erleichtert. Helga setzte sich wieder auf den Bettrand. Aber Janna-Berta hielt die Augen geschlossen. Nach einer Weile schlief sie ein.

Als sie, nach Stunden, wieder erwachte, war Helga nicht mehr da. Es war Nacht. In der Ecke schimmerte fahles Notlicht. Ein Fenster war einen Spalt breit geöffnet. Draußen schien der Mond. Er warf sein Licht an die Saalwand. Es roch nach jungem Laub und frischer Erde. Janna-Berta dachte an ihre Eltern. Sie sehnte sich so sehr nach ihnen. Sie erinnerte sich an eine Rhönwanderung. Da war sie auf einem Tragesitz zwischen Vati und Mutti dahingeschaukelt, im Takt zu den Schritten der Eltern. Sie hatten »Engelchen, flieg!« mit ihr gespielt und sie hoch in die Luft geschwungen. Aber sie hatte keine Angst gehabt. Zwischen den Eltern konnte ihr nichts geschehen. »Noch mal! Noch mal!« hatte sie geschrien.

Später hatten die Eltern Uli und Kai so zwischen sich getragen und geschaukelt, und der Tragesitz war schon ziemlich abgenutzt gewesen. Almut hatte ihn beim letzten Besuch mitgenommen, um nach dem Muster einen neuen zu nähen. Es gab ihn so nicht zu kaufen. Jo hatte ihn entworfen.

Almut, wenn sie überhaupt noch lebte, brauchte den alten Sitz nicht zurückzugeben. Bei ihnen, den Meineckes, hatte es sich ausgeschaukelt, und kein Engelchen würde mehr fliegen.

Janna-Berta dachte an Kai. Er war ein rundlicher kleiner Kerl gewesen, mit Grübchen in den Backen und in den Händen. Er hatte sogar ein Grübchen im Kinn gehabt. Sie konnte sich ihn nicht tot vorstellen. Er war immer ein so quicklebendiges Kind gewesen, ein »Stehaufmännchen«, wie Oma Berta meinte. Und auch Jo hatte einmal zu Mutti gesagt: »Den könnte man eine Nacht lang im Garten vergessen – am nächsten Morgen säße er vollgeschneit, aber grinsend vor der Haustür und würde nicht mal niesen.«

Jo – der feine Fenchelgeruch, das dunkle Kraushaar, schon graumeliert, der Mittelscheitel, die braunen Augen, der Flaum auf der Oberlippe, das Grübchen im Kinn, das Kai von ihr geerbt hatte. Jo, die alle drei, vier Jahre von einer Wohnung in die andere umgezogen war und dann jedesmal eine Menge »Krempel« weggeworfen hatte.

»Ich reise nun mal gern mit leichtem Gepäck«, hatte Janna-Berta sie oft sagen hören, und: »Was – schon drei Jahre wohne ich hier in der Jakobystraße? Dann wird's Zeit, daß ich umziehe, sonst kleb ich hier noch fest.«

Mit dem »Krempel« waren bei jedem Umzug viele Fotos in den Müllcontainer gewandert. Nur das Foto, das in einem abgegriffenen Rahmen in allen ihren Wohnzimmern gestanden hatte, war nie verschwunden. Es hatte einen jungen Gefreiten aus dem Zweiten Weltkrieg gezeigt: die Uniform zu groß, die Haare nach hinten gekämmt, ganz und gar altmodisch. Aber sein Gesicht hatte Janna-Berta gern gemocht. Und daß er mit achtzehn Jahren kurz vor Kriegsende gefallen war, hatte sie schon von klein auf sehr traurig gestimmt. Dieser Gefreite hatte Jo Janna genannt. Nach seinem Tod hatte sie sich von niemandem mehr Janna nennen lassen. Gewiß, sie hatte ein paar Jahre nach dem Krieg einen Karl Joost geheiratet, hatte eine Tochter bekommen, Janna-Bertas Mutter, und hatte sich wieder scheiden lassen. Aber dem Toten war sie nie untreu geworden. Das hatte sie Janna-Berta einmal erklärt. Und als ihre Tochter eine Tochter bekommen hatte und sie nach der Mutter und der Schwiegermutter hatte nennen wollen, hatte Jo protestiert:

»Nennt das arme Kind doch nicht Johanna! Wenn's denn unbedingt so heißen soll wie ich, dann nennt es Janna.«

Als Jo schon fünfunddreißig Jahre alt gewesen und längst geschieden war, hatte sie noch ein Kind bekommen, ein Mädchen mit einem schwarzen Schopf, der sich nicht aufgehellt hatte. Von dem Vater des Kindes hatte sie nie gesprochen, und als Janna-Berta Almut einmal nach ihrem Vater gefragt hatte, war Almuts heitere Antwort gewesen: »Na, wer schon? Natürlich der Gefreite auf Jos Foto!«

Das Mondlicht wanderte an der Saalwand entlang. Ayse stöhnte. Janna-Berta streckte ihren Arm hinüber und tastete nach ihr. Sie fand Ayses Hand. Die war sehr heiß. Sie rief die Schwester. Die Tür zum Gang stand auf. Eine fremde Frau schaute herein.

»Fieber?« fragte sie. »Deswegen brauchst du doch nicht so einen Lärm zu machen. Wer hat denn hier *kein* Fieber? Schwester Lotte ist eingeschlafen. Kein Wunder bei sechzehn Stunden Dienst ohne Pause. Laß sie schlafen. Morgen früh ist auch noch Zeit.«

Janna-Berta hielt Ayses Hand fest. Sie fühlte den jagenden Puls. Sie versuchte sich wachzuhalten, aber die Augen fielen ihr zu. Sie träumte von Ulis Lehrerin. Die fuhr im Auto an Uli vorbei und rief zum Fensterspalt heraus: »Komm, steig ein, Uli. Wenn du dich auf den Koffer setzt und den Kopf einziehst, könnte es gehen!«

Uli, mit schmutzigem Gesicht und schmutzigem Hosenboden, drehte sich nach Janna-Berta um und sah sie fragend an.

»Steig ein, Uli, steig ein!« schrie Janna-Berta. »Die Wolke kommt!«

Uli rannte neben dem Wagen her, aber der Wagen blieb nicht stehen.

»Ich kann nicht halten!« rief die Lehrerin. »Hinter mir kommen so viele!«

»Machen Sie die Tür auf!« rief Janna-Berta. »Uli kann im Fahren reinklettern!«

Aber die Tür klemmte. Uli hängte sich von draußen an die Tür und wurde mitgeschleift.

»Die Wolke, die Wolke!« hörte sie sich schreien.

Der nächste Wagen hinter dem der Lehrerin scherte aus, um rechts zu überholen. Eine Staubwolke wirbelte auf, ein dumpfer Schlag, und der Wagen raste davon.

»Schrei doch nicht so«, sagte die Schwester und rüttelte Janna-Berta. »Du weckst ja alle auf.«

Janna-Berta schreckte hoch und ließ Ayses Hand los.

»Uli ist so heiß«, stammelte sie.

»Wer?« fragte die Schwester.

»Ayse«, sagte Janna-Berta. »Ayse.«

Die Schwester beugte sich über Ayses Bett, dann rollte sie es hinaus. Zurück blieb ein leerer Platz zwischen den Betten.

»Ist sie tot?« fragte Janna-Berta.

»Pst«, flüsterte die Schwester. »Wieso tot? Sie kommt in einen anderen Saal, das ist alles.«

Nach dem Frühstück kam Helga wieder. Sie hatte die Nacht in einem Dorfgasthof verbracht.

»Du wirst nicht viel geschlafen haben«, sagte sie. »Ich habe auch eine schlimme Nacht hinter mir.«

Sie zögerte. Sie sah sich um.

»Unglaubliche Zustände sind das hier«, sagte sie. »Und das in der reichen Bundesrepublik.«

»Sie sind nicht auf dem laufenden!« rief ihr ein Vater zu, der am übernächsten Bett sein Kind versorgte. »Wir sind jetzt ein Entwicklungsland!«

Helga antwortete nicht.

»Warum fragst du nicht nach Uli?« sagte Janna-Berta. »Er steht bestimmt nicht in der Suchkartei. In keiner Kartei und in keiner Liste.«

»Vielleicht hab ich Angst vor der Antwort«, sagte Helga.

Janna-Berta sah Helga an. Sehr aufrecht saß sie da, ein Muster an Selbstbeherrschung.

»Nie die Haltung verlieren!« hörte Janna-Berta Opa Hans-Georg sagen. Er mochte es nicht, wenn man in Tränen ausbrach. Aber Vati war nicht nach Opa Hans-Georgs Vorbild geraten. Sie hatte ihn weinen sehen. Zum Beispiel damals, als Uli schwerkrank in der Klinik gelegen hatte und der Arzt den Eltern nicht viel Hoffnung geben konnte. Oder einmal nach Tschernobyl, als Vati und Mutti sich wochenlang so viel Mühe mit der Vorbereitung einer Veranstaltung gegeben hatten: Sie hatten ein Forum geplant, mit Vertretern aller Parteien, die den Bürgern zum

Thema WIE SICHER SIND UNSERE ATOMREAKTOREN? Rede und Antwort stehen sollten. Im letzten Augenblick hatten alle Politiker bis auf einen abgesagt. Da hatte Vati die Nerven verloren. Mutti war's gewesen, die die Veranstaltung doch noch rettete. Nachdem sie vom leeren Podium herunter kommentarlos die Absagebriefe der Politiker verlesen hatte, ließ sie die Bürger reden. Janna-Berta hatte auf der Treppe zum Podium gesessen und zugeschaut. Sie hatte nicht viel von dem verstanden, was die Leute zu sagen hatten, aber es war spannend gewesen, wie erregt, wie ängstlich, wie zornig sie gesprochen hatten. Und der ganze Saal war voll von beißendem Zigarettenqualm gewesen.

»Er war mit mir zusammen bis zuletzt«, sagte Janna-Berta. »Wir waren nicht mit nach Schweinfurt gefahren. Von Schlitz sind wir auf den Rädern geflüchtet. Er ist tot. Von einem Auto überfahren.«

Helga stand auf, drehte sich um und ging hinaus. Janna-Berta sah ihr durchs Fenster nach. Helga überquerte den Vorplatz und verschwand zwischen den Häusern.

Erst nach einer guten Stunde kehrte sie zu Janna-Berta zurück.

»Entschuldige«, sagte sie.

»Hier weint jeder, wenn ihm danach ist«, sagte Janna-Berta.

»Ich kann das nicht«, sagte Helga.

Sie hatte mit dem Arzt gesprochen. Er hatte ihr noch nicht erlaubt, Janna-Berta mitzunehmen.

»Ich werde dafür sorgen, daß du in eine Hamburger Klinik kommst«, sagte sie. »Dort ist zwar auch Personal für die Katastrophengebiete abgezogen worden, aber trotzdem wird's dir dort bessergehen. Du wirst in einem Zweibettzimmer liegen –«

»Ich bleibe hier«, sagte Janna-Berta, ohne zu überlegen.

Helga hob die Schultern. »Wie du willst«, sagte sie. »Ich werde dich nicht zwingen. Du bist alt genug, um zu wissen, was du tust. Aber überleg dir's gut.«

Beim Abschied wurde Helga lebhaft. Sie redete Janna-Berta zu, eine Mütze aufzusetzen.

»Jedenfalls wenn du dann draußen bist«, sagte sie. »Oder willst du die Leute absichtlich schockieren?«

»Ich hab nichts zu verheimlichen«, sagte Janna-Berta. »Ich bin kahl. So ist es. Damit muß ich leben.«

Dann beschwor Helga Janna-Berta, den Schlitzer Großeltern, die noch immer auf Mallorca waren, nichts vom Tod der Eltern und Brüder zu verraten.

»Den Schock könnten sie nicht verkraften«, sagte sie. »Vielleicht können wir's ihnen später einmal – nach und nach –«

Auf Janna-Bertas Frage, wo denn die Großeltern nach ihrer Heimkehr bleiben sollten, zeigte sich, daß Helga schon alles geregelt hatte: Opa Hans-Georg und Oma Berta sollten, bis die Sperrzone DREI aufgehoben würde, bei ihr wohnen.

»Ich werde versuchen, ihre Rückkehr so lange wie möglich hinauszuzögern«, meinte sie. »Je später sie zurückkommen, desto mehr hat sich hier das Leben wieder normalisiert.«

Den beiden alten Leuten wollte sie erzählen, daß Sohn und Schwiegertochter mit den beiden Enkeln in einem Spezialsanatorium nachbehandelt würden, das für Besucher gesperrt sei.

»Nein«, sagte Janna-Berta. »Jedenfalls *ich* mach dabei nicht mit.«

»Willst du, daß deinen Großeltern das Herz bricht?« fragte Helga.

Janna-Berta sah sie an, ohne zu antworten.

»Dann sei wenigstens still und sag ihnen gar nichts«, bat Helga. Sie strich Janna über den kahlen Kopf. Drei Wochen noch, habe der Arzt gesagt. Nur noch drei Wochen.

»Dann komm ich dich holen«, sagte sie. »Hamburg wird dein neues Zuhause. Denk dran, wenn du dich elend fühlst.«

»Und Almut und Reinhard?« fragte Janna-Berta. »Ich wollte eigentlich zu ihnen –«

»Ich weiß nicht, wo sie jetzt sind«, sagte Helga.

»Hast du sie in der Kartei gesucht?« fragte Janna-Berta.

Helga zögerte. Dann schüttelte sie den Kopf.

»Mich mußt du nicht schonen«, sagte Janna-Berta.

»Nehmen wir an, sie leben«, sagte Helga etwas ungeduldig.

»Dann sind sie auf jeden Fall nicht mehr in ihrer Wohnung und hausen irgendwo als Evakuierte. Da kannst du sie nicht noch mehr belasten. Bei mir hast du dein eigenes Zimmer. Die Friemels aus Haßfurt sind seit der Katastrophe auch bei mir. Erinnerst du dich an sie? Verwandte von Oma Berta. Aber sie bleiben höchstens bis zur Aufhebung der Sperrzone DREI. Und sie sind sehr ruhige Leute –«

Als sie gegangen war, verschränkte Janna-Berta die Arme unter dem Kopf und starrte zur Decke. Um die Mittagszeit erfuhr sie, daß Ayse tot war.

In den drei Wochen, die sie weiter in Herleshausen bleiben mußte, starben noch viele Kinder. Es waren träge dahinfließende Tage. Die einzige Abwechslung boten die Nachrichten vom Tagesgeschehen – und die Träume.

Manchmal schien es Janna-Berta, als lebte sie in den Nächten intensiver als tagsüber. Während des Tages dämmerte sie nur vor sich hin, gequält von Brechreiz, Fieber und Kopfschmerzen. Schon den Kopf zu heben, machte ihr Mühe. Wenn Tünnes sich ihrem Bett näherte, schloß sie die Augen.

Aber vor den Nächten fürchtete sie sich. Da erschoß Herr Benzig auf dem Schulhof einen prächtigen Collie. Elmar, der Klassenbeste, stand auf dem Balkon des Hauses am Hang und ließ sein Taschentuch im Wind flattern.

»Südostwind!« schrie er. »Südostwind!«

Die Trettners und die Miltners versuchten, über die Mauer am Bad Hersfelder Bahnhof zu klettern, während sie, Janna-Berta, auf dem Bahnsteig zum zweiten Mal die Heubler-Kinder im Wirbel der andrängenden Menge verlor. Wieder hörte sie die kleinen Mädchen schreien, versuchte, ihnen zu helfen, erreichte sie nicht, fand sie nicht mehr.

Schweißgebadet wachte sie auf.

Aber es dauerte nicht lange, da stand sie vor der Tür in Herleshausen und schellte. Nicht eine Fremde öffnete, sondern Frau Soltau spähte durch den Spalt und sagte: »Hol erst deinen Bruder, dann bekommst du zu trinken.«

Und dann watete sie mit Meike, ihrer Freundin, und Ingrid aus der Rhön durch ein riesiges Rapsfeld und suchte Uli, und sie konnte und konnte ihn nicht finden, obwohl er immer wieder leise »kuckuck!« rief.

Ingrid sagte ängstlich: »Ich glaube, wir sollten lieber aufhören mit Suchen, sonst zertreten wir ihn noch.«

Einmal sah sie ihn sogar, seinen blonden Haarschopf zwischen den Blüten, aber als sie sich ihm näherte, war er verschwunden, und Meike sagte: »Mir wird's langweilig. Ich spiel nicht mehr mit.«

»Uli, Uli!« rief Janna-Berta. »Komm raus, wir hören auf zu spielen!«

Hinter ihr rief es wieder »kuckuck!« Aber als sie sich umdrehte, ragte vor ihr die Ruine des Grafenrheinfelder Atomreaktors empor, zerrissen, zersplittert, geborsten.

Reinhard und Almut waren plötzlich auch da, beide ohne Haare auf dem Kopf. Sie hatten Stöcke in der Hand und scharrten damit in der Asche.

»Nicht!« rief Janna-Berta erschrocken. »Das Zeug strahlt doch noch. Lauft fort!«

Aber sie stellten sich taub und scharrten weiter, und Janna-Berta sah, daß sie beide weinten. Sie lief zu Almut und wollte sie wegzerren, aber Reinhard hielt Almut fest und schluchzte: »Wir haben es noch nicht gefunden, Janna-Berta. Du mußt Geduld haben. Eher gehen wir nicht –«

Sie zerrte und zerrte, und wieder fuhr sie schweißnaß aus dem Schlaf. Aber sobald sie sich zurückfallen ließ, stand sie am Ende der Lindenallee, dort, wo sie jäh in den Fluß abbrach. Deutlich sah sie die Reste der Brücke, die hier bis zum Ende des Zweiten Weltkriegs den Fluß überspannt hatte. Auf der anderen Seite, am jenseitigen Ufer vor dem Dorf, stand der Gefreite von Jos Foto. Auch vor seinen Füßen brach die Straße ab, die aus dem Dorf heraus auf Janna-Berta zuführte. Der Gefreite stolperte fast über seinen langen Mantel. Er schien durch irgend etwas beunruhigt zu sein. Er lief am Abgrund hin und her und machte Janna-Berta Zeichen. Er zeigte hinter sie. Verwundert drehte sie sich um und prallte zurück: Hinter der Silhouette von Herleshausen ballte sich ein dunkles Gewölk zusammen. Drohend zog es heran, dehnte sich aus, füllte den halben Himmel. Die Wolke!

Janna-Berta stand am Abgrund. Mitten im Fluß verlief die Grenze. Verzweifelt starrte sie hinüber.

»Flieg, Janna!« rief der Gefreite herüber.

»Ich kann doch nicht fliegen!« rief Janna-Berta zurück.

»Flieg!« rief er wieder. »Du kannst es, Janna. Breite die Arme aus und laß dich fallen!«

Sie schaute noch einmal über die Schulter. Dann sprang sie. Und sie flog! Sie schwebte! Es war so einfach, so wunderbar einfach –

»Siehst du«, sagte er, als sie ihn erreicht hatte, »wir Toten können das. Daran wirst du dich bald gewöhnen.«

»Bin ich denn tot?« fragte sie.

»Ist dir's nicht recht?« rief er lachend. »Du solltest froh sein. Jetzt kann dir nichts mehr passieren.«

So ging es Nacht für Nacht. Manchmal tauchten auch Opa Hans-Georg und Oma Berta in ihren Träumen auf, der freundliche Sparkassenbeamte und die Verkäuferin aus dem Metzgerladen. Oder sie sah die drei Jungen aus der Oberstufe, mit denen sie an jenem Tag aus der Schule heimgefahren war, Lars' alten Opel über die Beete eines Vorgartens schieben.

Nur von den Eltern, von Kai und Jo träumte sie nie.

Allmählich ließen Übelkeit und Durchfall nach. Mager, blaß, schwach und unsicher versuchte sie die ersten Schritte. Sie kam nicht weit. Als Tünnes ihr helfen wollte, schickte sie ihn weg. Aber Tag für Tag übte sie. Ihre Kräfte nahmen langsam wieder zu. Die Tage schleppten sich dahin, ohne daß sie sich die Entlassung herbeiwünschte.

Als es dann soweit war und Helga wiederkam, gab es im Nothospital Herleshausen nichts und niemanden mehr, von dem sich zu trennen Janna-Berta schwer geworden wäre. Nur ein paar Kinder, um die sie sich hin und wieder gekümmert hatte, schauten ihr traurig nach, und sie winkte ihnen.

Von Kopf bis Fuß neu eingekleidet, war sich Janna-Berta selber fremd. Helga hatte ihr teure Unterwäsche mitgebracht, die nach der Zeit vor Grafenrheinfeld roch. Noch nie hatte sie diese Art von Schuhen getragen, wie sie sie jetzt trug, und die schwarze Hose und der schwarze Edelpulli bewirkten, daß sie sich nur noch steif und befangen bewegte.

Kaum waren sie in den Wagen gestiegen, reichte ihr Helga eine schwarze Mütze, halb Baskenmütze, halb Barett. Man sah ihr an, daß sie viel gekostet haben mußte. Janna-Berta legte sie auf den Rücksitz.

»Ich würde sie aufsetzen«, sagte Helga mit einer senkrechten Falte zwischen den Brauen. »Viele Leute reagieren komisch, wenn sie merken, daß jemand aus der verseuchten Gegend kommt. Es gibt sogar Hotels, die den Evakuierten Unterkunft verweigern, wenn – wenn die Krankheit deutlich sichtbar ist. Sie sagen, das vertreibt ihnen die Kundschaft.«

»Ich verstehe«, sagte Janna-Berta hart. »Sie wollen nicht daran erinnert werden.«

»Wie gesagt, ich würde die Mütze aufsetzen«, sagte Helga.

Janna-Berta griff nicht nach der Mütze.

»Ich *will* sie aber daran erinnern«, sagte sie. Sie lehnte sich zurück, spürte den sommerlich warmen Fahrtwind angenehm über ihren Kopf streichen und sog den würzigen Fichtenduft ein, der in der Luft lag. Wie wunderbar war der Wald! So lange hatte sie nur weiße Wände gesehen.

»Mach's uns doch nicht schwerer, als es schon ist«, sagte Helga.

»Ich hab nichts zu verstecken«, sagte Janna-Berta schroff.

»Wie du willst«, antwortete Helga. »Aber du schadest dir selber.«

Sie fuhr auf kleinen Nebenstraßen bis nach Eschwege, immer nahe der Grenze. Um das verseuchte Gebiet schlug sie einen großen Bogen. Janna-Berta lernte auf dieser Fahrt, daß auch angeblich nichtbetroffenen Gegenden mißtraut wurde. Denn Helga war entsetzt, als sich Janna-Berta während einer kurzen Rast ins Gebüsch hocken wollte.

»Das ist doch alles verseucht!« rief sie.

»Ich auch«, sagte Janna-Berta. »Hast du das vergessen?«

Sie fuhren mit geschlossenen Fenstern, obwohl es sehr warm war. »Sicher ist sicher«, meinte Helga. Sie ließ Janna-Berta auch nicht aus einer eingefaßten Quelle trinken. »Man kann nie wissen«, sagte sie.

Erst bei Göttingen wagte sie sich auf die Autobahn Kassel–Hamburg. Sie aßen zusammen in einer Raststätte. Janna-Berta traute ihren Augen nicht, als sie die Preise sah.

»Das Fleisch ist aus Übersee, und das Gemüse auch«, erklärte Helga. »Nur die Kartoffeln sind deutsch. Noch aus der alten Ernte. Im nächsten Jahr werden auch die Kartoffeln von anderswo herkommen müssen – für die, die's bezahlen können.«

»Und was essen die, die's *nicht* bezahlen können?« fragte Janna-Berta.

»Das Billigere«, antwortete Helga.

Janna-Berta nickte: Das also würde der neue Unterschied zwischen Arm und Reich sein.

Den verstohlenen Blicken der übrigen Gäste begegnete sie herausfordernd. Sie warf den Kopf in den Nacken und lachte schrill. Daß eine Gruppe vom Nachbartisch aufstand und sich an einem entfernteren Tisch niederließ, versuchte sie zu ignorieren. Erst als sie wieder im Wagen saß, wurde sie stumm vor Angst.

9

Während der ersten Tage in Hamburg wunderte sich Janna-Berta, wie normal das Leben fernab von Grafenrheinfeld verlief. Bei Helga war es, wenn man die Trauerkleidung, die gedämpfte Stimmung, die beiden Friemels und die täglichen Stromsperrstunden übersah, nicht anders als während der früheren Besuche. Janna-Berta hatte ein eigenes Zimmer und war von Helga reichlich mit neuer Wäsche und gediegener, dunkler Kleidung ausgestattet worden. Sogar einen Plattenspieler, einen nicht billigen, hatte ihr Helga ins Zimmer gestellt, dazu eine Auswahl von Platten: klassische Musik von Bach bis Orff.

Auch der Unterricht in den Hamburger Schulen, nach der Katastrophe für drei Wochen unterbrochen, hatte wieder begonnen. Helga, Oberstudienrätin für Mathematik und Chemie, ging morgens fort und kam mittags heim. Nachmittags saß sie stundenlang an ihrem Schreibtisch, bereitete sich für den nächsten Tag vor, schrieb Briefe oder korrigierte Hefte. Oft war sie auch unterwegs nach unverseuchten Lebensmitteln. Als Janna-Berta sie begleiten wollte, winkte sie ab: Das Suchen und Herumhorchen, das Hin- und Herrennen und Schleppen sei für sie noch zu anstrengend. Sie solle sich erst einmal ausruhen.

Aber es wurde nicht viel aus der Ruhe. Denn Helga nahm ihre Verantwortung sehr ernst. Und so ließ sie Janna-Berta von mehreren Ärzten untersuchen – bekannten Spezialisten, wie sie betonte. Danach blieb Janna-Berta in ärztlicher Behandlung, mußte Medikamente schlucken und stundenlang in Wartezimmern herumsitzen. Wenn sie die Ärzte fragte, zuckten sie mit den Schultern.

»Wir haben noch kaum Erfahrung mit der Strahlenkrankheit«, sagten sie. »Es ist gut möglich, daß deine Haare wieder wachsen. Aber ganz sicher können wir nicht sein.«

Vielleicht. Vielleicht auch nicht. Die ewige Ungewißheit, die so nervös, so müde, so mürbe machte!

Sie war viel allein. Den Friemels ging sie aus dem Weg. Sie wußte nicht, was sie mit ihnen reden sollte. Zwischen ihnen und Helga spürte sie zunehmende Gereiztheit. Aber auch sie selbst fühlte sich gereizt, vor allem von Helgas gepflegter Selbstdisziplin, die sie nicht nachahmen wollte, und von ihren hohen Ansprüchen, was Bildung, Benehmen und Tradition betraf. Und sie war so penetrant verantwortungsbewußt!

»Es wird allmählich Zeit, daß du wieder zur Schule gehst«, sagte sie nach einer knappen Woche. »Du versäumst sonst zu viel und verlierst den Anschluß.«

Janna-Berta erschrak. Schule? Die war so fern gerückt. Und sie fühlte sich noch so müde und abgespannt. Nicht einmal die Nächte brachten ihr Erholung. Sie quälten sie mit wilden und düsteren Träumen.

Aber Helga bestand auf dem Schulbesuch, und die Friemels pflichteten ihr bei. Janna-Berta fühlte sich zu schwach, um sich gegen Helgas Willen aufzulehnen. Und so meldete Helga sie in der Schule an, an der sie unterrichtete.

Bangen Herzens ging Janna-Berta schon am nächsten Morgen hin. Sie war nicht die einzige Neue in der Klasse. Noch drei andere Flüchtlinge aus dem Katastrophengebiet waren nach Wiederbeginn des Unterrichts dazugekommen. Es gab kaum eine Klasse in dieser Schule, in der nicht wenigstens zwei neue Schüler saßen, und die meisten der Neuen hatten Angehörige verloren. Janna-Berta war also kein Sonderfall, und natürlich versuchte sie sich der Gruppe der Evakuierten anzuschließen.

Gleich am ersten Tag wurde sie von einem Mädchen aus Bad Brückenau ungehalten, ja zornig gefragt: »Warum läufst du so rum?«

Sie zeigte auf Janna-Bertas kahlen Schädel.

»Soll ich mich dafür schämen?« fragte Janna-Berta.

»Schämen nicht«, sagte das Mädchen. »Du brauchst dein Unglück aber auch nicht öffentlich zur Schau zu stellen.«

Ein Junge aus Bamberg nickte finster.

»Du schadest nicht nur dir, sondern uns allen«, sagte eine sehr blasse Blonde. »Setz wenigstens eine Mütze auf! Wir sind Hibakusha, aber das muß ja nicht jeder gleich merken.«

»Hibakusha?« fragte Janna-Berta.

Sie erfuhr, daß das der Name der Überlebenden von Hiroshima war, den jetzt auch die Überlebenden von Grafenrheinfeld trugen.

»Ich bin eine Hibakushi«, sagte sie in Helgas Badezimmer vor dem Spiegel und sah sich prüfend an.

Ja, auch ohne den kahlen Schädel hätte man ihr's angesehen,

so mager und kränklich, wie sie jetzt war. Auf der Straße ging man ihr – genau wie den anderen, denen man die Strahlenkrankheit ansah – aus dem Weg. Diese Schneisen, die sich vor ihr und allen öffneten, die jetzt, mitten im Sommer, Mützen und Kopftücher trugen! Diese neugierig-mitleidigen Blicke aus den Augenwinkeln!

Sie lernte schnell: Niemand spottete, niemand grinste, niemand rief ihr Frechheiten nach. Aber keiner wollte neben ihr sitzen, weder in der Schule noch im Bus, und die Friemels erzählten von Bekannten, die zwangsweise in eine Wohnung eingewiesen werden mußten, weil sich die Wohnungsinhaber sträubten, die Evakuierten aufzunehmen.

»Wir sind denen unheimlich«, erklärte das Mädchen aus Bad Brückenau. »Wir könnten ja noch strahlen. Wahrscheinlich tun wir das auch.«

Janna-Berta spähte verstohlen auf ihren Haaransatz. Sie trug eine Perücke.

»Ich glaube, es ist mehr als das«, sagte der Junge aus Bamberg. »Die Flüchtlinge waren nach dem Krieg genauso ungern gesehen. Obwohl sie nicht gestrahlt haben. Meine schlesische Großmutter hat immer davon erzählt. Wer noch mal davongekommen ist, mag sich nicht dauernd dran erinnern lassen, daß andere weniger Glück hatten. Daß sie auf Hilfe angewiesen sind. Und ein *Recht* auf Hilfe haben!«

Janna-Berta merkte bald, daß das Leben in Hamburg nicht so normal war, wie es ihr in den ersten Tagen erschienen war. Auf ihrem Schulweg begegnete sie langen Schlangen vor den Lebensmittelläden. Sie wunderte sich. Einmal fragte sie.

»Milchpulver aus den Staaten«, bekam sie zur Antwort.

»Da heißt's zugreifen, wenn was Unverseuchtes hereinkommt«, erklärte ihr Tante Friemel.

»Sofern es bezahlbar ist«, fügte Onkel Friemel hinzu. »Jetzt freuen sich alle Dritte-Welt-Länder, die was Eßbares anzubieten haben. Den letzten eßbaren Kehricht werden sie für uns zusammenfegen. Gegen Geld natürlich!«

»Und die Bauern hier?« fragte Janna-Berta.

Onkel Friemel machte eine müde Handbewegung. »Kannst du vergessen. Die meisten haben ihr Vieh schon abschlachten müssen. Und das Fleisch hat ihnen niemand abgenommen. Nur hier oben und im südlichen Allgäu wird noch Milch produziert. Aber die ist nicht für Kinder und junge Leute geeignet.«

»*Wir* trinken sie auch nicht«, warf Tante Friemel dazwischen.

»Nach Tschernobyl hätte diese Milch an *niemanden* verkauft werden dürfen«, meinte Onkel Friemel. »Und trotzdem gehn die Bauern pleite.«

»Ach ja, mein schöner Gemüsegarten«, klagte Tante Friemel. »Ich darf gar nicht dran denken. Bald wird in ganz Deutschland nur noch Unkraut wuchern.«

Janna-Berta sah auf dem Schulweg noch mehr. Sie kam an einer ehemaligen Lagerhalle und an einem Kino vorbei. Beide Gebäude waren mit Flüchtlingen und Evakuierten belegt. Auch die Turnhalle der Schule diente als Flüchtlingsunterkunft. Zwischen dem Schulhof und der Turnhalle war ein Bretterzaun errichtet worden. Janna-Berta spähte manchmal durch seine Ritzen. Sie sah Kinder spielen. Erwachsene lehnten an der Turnhallenwand oder saßen auf improvisierten Bänken in der Sonne. Ihre Kleidung wirkte ungepflegt. Manche von ihnen dösten mit geschlossenen Augen, andere starrten vor sich hin. Viele von ihnen sahen krank oder erschöpft aus. Nur wenige Kahlköpfe waren zu sehen, fast alles Männer. Aber manche Frauen trugen Kopftücher, und viele Kinder hatten Mützen auf – mitten im Sommer. Flüchtlingskinder, die am Zaun hochkletterten und neugierig das Treiben auf dem Schulhof beobachteten, scheuchte der Hausmeister wieder hinunter.

»Wovon leben die eigentlich?« fragte Janna-Berta den Jungen aus Bamberg.

»Essen kriegen die aus der Gulaschkanone«, sagte er. »Und um die Kleidung kümmert sich das Rote Kreuz. Gleich nach der Katastrophe gab's eine Kleidersammlung. Die Textilhäuser haben auch gespendet. Ladenhüter und Verstaubtes. Wie's mit der ärztlichen Versorgung ist, weiß ich nicht. Aber da wird Vater Staat wohl das Nötige tun. Und für alles andere gibt's Taschengeld, vorläufig, bis alles geregelt ist. Das weiß ich von einem in der 4 b. Der wohnt dort drüben. Der konnte sich nicht mal Turnhose und Turnschuhe kaufen. Die Klasse hat für ihn gesammelt.« Nach einer Weile fügte er hinzu: »Im Bundestag beraten sie über eine Geschädigtenrente für die, die jetzt ganz auf dem trockenen sitzen.«

An einem der nächsten Tage traf Janna-Berta in der Pausenhalle Elmar aus der Fuldaer Klasse. Auch er hatte einen fast kahlen Schädel, und sein Gesicht war grau.

»Elmar!« rief sie froh.

Er drehte sich um. Auch sein Gesicht hellte sich auf. Sie blieben die ganze Pause zusammen. Von den anderen aus der Klasse wußte er auch nichts.

»Es werden wohl ein paar draufgegangen sein«, meinte er. »Die meisten sind zu spät aufgebrochen. Mit der Evakuierung hätte ja viel früher begonnen werden müssen. Typisch für unsere Politiker! Keiner hat den Mumm, die Verantwortung für eine unpopuläre Maßnahme zu übernehmen.«

Elmar. Er wußte immer, was man hätte besser machen können, und er sprach wie ein Erwachsener.

»Wir sind auch erst abgefahren«, erzählte er, »als die Straßen schon total verstopft waren. Weil mein Vater irgendwelche Dokumente nicht fand und meine Mutter zu viel Krempel mitnehmen wollte. Jetzt liegt sie in einer Klinik und kann nicht leben und nicht sterben. Mein Vater und ich sind bei Verwandten untergekrochen. Ekelhaft. Wir buckeln uns zu Tode vor lauter Dankbarkeit. Aber immer noch besser als in so einer Turnhalle hausen. Mit dem Buckeln müssen wir uns abfinden: Wer verseucht ist, taugt nur noch zum Almosen- und Mitleidempfänger. Wir sind die Behinderten der Nation.«

Als es zum Unterricht schellte, begleitete er Janna-Berta bis zu ihrem Klassenzimmer. Auf dem Weg dorthin, inmitten von Lärm und Gedränge, erzählte er ihr, daß sein Vater aus der

Kirche ausgetreten sei. »Früher hat er mich jeden Sonntagmorgen in die Messe gescheucht«, sagte er. »Jetzt ist er beleidigt, daß der liebe Gott ihm das nicht angerechnet hat. Er fühlt sich ungerecht behandelt. Statt daß er sich über die Politiker ärgert, die er gewählt hat – oder über sich selber!«

Schon vor der Klassentür, sagte er hastig: »Ich hab mir seit Grafenrheinfeld viele Gedanken gemacht, auch darüber. Und ich bin zu der Überzeugung gekommen, daß die Gleichung nur aufgeht, wenn man ihn wegkürzt.«

»Wen?« fragte Janna-Berta.

»Wen wohl?« sagte Elmar und zeigte mit ausgestrecktem Zeigefinger nach oben.

Janna-Berta war verstört. War das noch Elmar, der Gelassene, Heiter-Überlegene? War sie selbst auch so anders geworden, seit sie sich das letzte Mal gesehen hatten?

Sie lag jetzt oft stundenlang auf ihrem Bett. Fast immer fühlte sie sich müde. Zu jeder Tätigkeit mußte sie sich überwinden. Meistens kam sie ohne Hausaufgaben zur Schule. Nach zwei, höchstens drei Schulstunden dröhnte ihr der Kopf. Wenn sie heimkam, würgte sie nur widerwillig ein paar Bissen herunter, dann warf sie sich für Stunden aufs Bett und schloß ihre Zimmertür von innen zu, um ungestört zu bleiben.

»Du könntest wirklich ein bißchen im Haushalt mithelfen«, sagte Helga mit ihrer Falte zwischen den Brauen, die immer dann erschien, wenn ihre Stimme vorwurfsvoll klang. »Wir sind schließlich eine Art Familie, du und ich.«

Janna-Berta erschrak. Nein, sie waren keine Familie, würden es auch nie sein. Nach wie vor begegnete sie ihrer Tante so wie früher, wenn sie bei ihr zu Besuch gewesen war. Unlustig schichtete sie das schmutzige Geschirr in die Spülmaschine, während Helga über ihren Vorbereitungen saß oder Briefe schrieb. Die Friemels hatten jetzt das Einkaufen übernommen.

Helga war schon immer eine Art Familienzentrale gewesen, bei der man hatte erfahren können, wie es Onkel X oder Großtante Y ging. Jetzt versuchte sie, Gewißheit über das Schicksal aller jener Familienangehörigen zu erlangen, die in der Katastrophenzone daheim gewesen waren. Immer wieder kamen Briefe zurück mit dem Vermerk: EMPFÄNGER NACH UNBEKANNT VERZOGEN. Aber Helga ließ nicht locker. Sie fand heraus, daß Janna-Bertas Vater in Schweinfurt umgekommen war, wahrscheinlich gleich am Morgen des Katastrophentags. Die Mutter und Kai waren in einem Rot-Kreuz-Zelt im oberen Kinzigtal gestorben – erst Kai, vier Tage später die Mutter. Von Jo wußte sie nur, daß sie tot war. Jo gehörte nicht zur Familie. Auch an einem Kontakt mit Almut war sie nicht interessiert. Janna-Berta mußte sich die Adresse aus der Suchkartei selber besorgen. Aber da war nur ein *z. Z. Grundschule, Wiesbaden-Bierstadt* vermerkt, und ein Brief, an diese Adresse abgesandt, kam zurück: EMPFÄNGER NACH UNBEKANNT VERZOGEN.

»In der Suchkartei stehst du jetzt unter meiner Adresse«, sagte Helga zu Janna-Berta. »Sobald Almut die Möglichkeit hat, wird sie sich hier melden.«

Janna-Berta hörte Helga bis tief in die Nächte tippen. Sie schrieb an alle Verwandten. Sie bat sie, Oma Berta und Opa Hans-Georg nichts vom Tod ihres Sohnes, der Schwiegertochter und der beiden Enkel zu schreiben. Sie selber habe den Eltern geschrieben und habe sie beruhigt.

»Ich habe ihnen erklärt, daß sich dein Vater mit der Familie in einer Klinik befindet«, sagte sie zu Janna-Berta, »und daß ihre Gesundheit nur vorübergehend beeinträchtigt –«

»Ja, ja, die Lügengeschichte, die du mir schon im Hospital erzählt hast«, unterbrach sie Janna-Berta. »Daß sie vorläufig noch nicht schreiben dürfen, weil die Klinik von der Außenwelt streng abgeschirmt ist – nicht wahr?«

»Ja, ich lüge«, sagte Helga ungehalten. »Aber ich tue das nur zu ihrem Besten.«

»Ob sie die Geschichte glauben?« fragte Janna-Berta. »*Ich* würde sie dir jedenfalls *nicht* abnehmen.«

»Sie glauben sie«, sagte Helga. »Weil sie sie glauben wollen. Daß deine Eltern und Kai in Schweinfurt gewesen sind, können sie nicht wissen. Ich habe ihnen empfohlen, unbedingt so lange auf Mallorca zu bleiben, bis sich hier alles normalisiert hat. Dann hole ich sie hierher. Friemels werden ja nicht ewig hierbleiben. Natürlich habe ich ihnen Geld überwiesen. Wirklich: Auf Mallorca sind sie zur Zeit am besten aufgehoben.«

Janna-Berta spürte, wie ihr der Schweiß ausbrach. Sie mußte sich wieder aufs Bett legen, um nachdenken zu können.

Sie sah Oma Berta vor sich, wie sie strickte. Sicher war's ein Trachtenjanker für Kai oder eine buntgeringelte Pudelmütze für Uli. Sie saß unter einem leuchtendbunten Sonnenschirm, vor sich die unerläßliche Kaffeetasse, und ließ sich von Opa Hans-Georg vorlesen, denn ihre Augen waren nicht mehr sehr gut. Sie bestand nicht auf bestimmten Schriftstellern. Aber sie schätzte es sehr, wenn die Geschichten gut ausgingen.

»Für Tragödien sind wir zu alt«, pflegte sie zu sagen, und Janna-Berta sah Opa Hans-Georg dazu nicken. Schon oft hatte sie sich den Opa als Hauptmann vorzustellen versucht, Hauptmann der schweren Artillerie im letzten Krieg. Manchmal war er ins Erzählen gekommen: ». . . und damals, im Sommer vierzig, am Dnjestr . . .«

Almut hatte Janna-Berta einmal erzählt, daß Oma Berta in der Frauenschaft mitgemacht hatte. Das war die Nazi-Organisation für Frauen gewesen. Nein, nicht nur als Mitläuferin, sondern als was Höheres. Als Janna-Berta die Oma danach fragte, bekam sie die unwirsche Antwort: »Ach schweig still von jenen Zeiten! Das ist doch so lange her. Ich hatte bunte Abende für verwundete Soldaten zu organisieren, daran ist doch wohl nichts Böses?«

Oma Berta war, was die Hitlerzeit betraf, sehr zugeknöpft. Um so redseliger war Opa Hans-Georg. Uli hatte ihm immer mit glänzenden Augen zugehört.

»*Mußt* du das denn immer wieder aufrühren, Hans-Georg?« hatte dann Oma Berta unwillig eingeworfen. »Ich will nichts mehr hören vom Krieg und all diesen häßlichen Dingen. Du hast doch, bitteschön, in deinem Leben auch noch anderes geleistet als nur mit Kanonen geschossen!«

Oma Berta und Opa Hans-Georg lasen sicher längst keine

Berichte über die deutsche Atomkatastrophe mehr. Wahrscheinlich redeten sie nicht einmal mehr darüber. Janna-Berta hatte Omas sanfte Stimme im Ohr: »Schweig still, Hans-Georg, ich will von dieser entsetzlichen Geschichte nichts mehr hören!«

Aber beim Morgenschoppen mit anderen Mallorca-Rentnern würde Opa Hans-Georg in langen Monologen seine Theorie über den Hergang der Katastrophe darlegen: natürlich Sabotage. Und die Drahtzieher saßen im Osten.

Janna-Berta riß das Fenster auf. Die Gardine wehte ihr ins Gesicht. Sie bekam auf einmal eine unbändige Lust, das Meer zu sehen. Oder wenigstens eine weite Wasserfläche. Sie lief hinaus, ohne auf Tante Friemels verwundertes »Wohin so eilig, Kind?« zu antworten. Sie hastete durch die Spaliere der mitleidigen oder angewiderten Blicke der Passanten, kam an dem Betonsockel vorüber, auf den jemand in riesigen Lettern aufgesprüht hatte: BEDANKT EUCH DAFÜR BEI DEN POLITIKERN! und las an einem Kiosk die Schlagzeilen: ENDLICH ENTWARNUNG! und REAKTOR STRAHLT NICHT MEHR!

Janna-Berta stutzte. Helga mußte es gewußt haben. Aber beim Mittagessen hatte sie es mit keinem Wort erwähnt. War es ihr nicht wichtig genug erschienen? Janna-Berta wurde bewußt, daß Helga nie über das politische Tagesgeschehen sprach.

Auf dem Weg zur Alster kam Janna-Berta an ihrer Schule vorbei. Dort stieß sie zu ihrem Erstaunen auf Elmar. Vor der dunklen Mauer, an der er lehnte, fiel sein kahler Schädel besonders auf. Er rief den Passanten Frechheiten nach. Janna-Berta steuerte auf ihn zu wie auf einen Rettungsring.

»Was machst du nachmittags hier?« fragte sie.

»Ich hänge sozusagen herum«, sagte er. »Und wo, ist schließlich egal.«

Sie fragte nach seinen Hausaufgaben.

»Ich mach keine mehr«, sagte er und zuckte mit den Schultern.

»Wenn du nichts anderes vorhast«, sagte sie, »dann komm mit zur Alster.«

»Ich hab nichts anderes vor«, sagte er und stieß sich von der Mauer ab, »als dieses beschissene Leben so schnell wie möglich hinter mich zu bringen.«

An einer Kreuzung mußten sie warten. Hinter ihnen sagte jemand leise: »Mann, die hat's erwischt.« Aber nicht leise genug.

Elmar fuhr herum und brüllte: »Euch vielleicht nicht? Hier ist es auch runtergekommen! Überall ist es runtergekommen! Nicht so stark? Nicht lebensbedrohend? Wer sagt das? Der Innenminister? Die Politiker? Verlaßt euch drauf: Der Boden, die Luft, die Lebensmittel – alles ist verseucht! Auch wenn ihr nicht wie skalpiert ausseht: Ihr seid programmiert auf Krebs! Was sind vierhundert, fünfhundert Kilometer bei einem SuperGAU? Nur *welcher* Krebs bei euch ausbrechen wird, ist noch die Frage. Und unter euren Enkeln werden sich phantastische Mißgeburten tummeln. Auch die sind programmiert. Macht euch schon mal gefaßt auf ihre Frage, wie es dazu kommen konnte!«

Niemand antwortete ihm. Die miteinander geflüstert hatten, starrten in eine andere Richtung. Als die Ampel auf Grün schaltete, hasteten die Wartenden davon. Nur Elmar vergaß zu gehen.

»Erschlagen werden sie euch!« brüllte er den Passanten nach.

Janna-Berta war neben Elmar stehen geblieben. Sie spürte, wie ihr der Schweiß ausbrach. Die Knie wollten nachgeben. Sie mußte sich gegen die Ampel lehnen.

»Komm«, sagte sie, »kehren wir um. Ich hab keine Lust mehr.«

»Lust?« fragte er. »Hast du *Lust* gesagt?«

Als Janna-Berta heimkam, saßen die Friemels vor dem Fernseher. Onkel Friemel trug einen Jogginganzug, obwohl er nie joggte. Er hatte den Reißverschluß der Jacke geöffnet. Das Unterhemd war zu sehen. Es zeichnete den Bauch ab, der aus dem Gummizug der Hose quoll. Onkel Friemel rauchte, obwohl Helga den Rauchgeruch nicht ausstehen konnte.

»Setz dich zu uns, Kind«, sagte Tante Friemel. »Sie bringen endlich wieder was Lustiges.«

Sie trug ein Dirndl. Diesmal das lilarote. Sie trug fast immer Dirndlkleider. In Haßfurt hatten die beiden eine Trachtenstube betrieben: Dirndl, Lodenmäntel und Trachtenjanker.

Sie rückten auf dem Sofa auseinander, und Tante Friemel deutete einladend auf den freien Platz.

»Wart ihr für oder gegen die Atomkraft?« fragte Janna-Berta, ohne sich hinzusetzen.

»Nun ja«, sagte Onkel Friemel. »Wir haben von den Risiken nichts gewußt – nicht wahr, Bärbel?«

Seine Frau winkte unwillig ab.

»Und nach Tschernobyl?« fragte Janna-Berta.

»Tschernobyl«, sagte Onkel Friemel achselzuckend, »Tschernobyl war ein *russischer* Reaktor.«

»Nun hört doch auf!« rief Tante Friemel. »Setzt euch und seid friedlich.«

Janna-Berta ging in ihr Zimmer und schlug die Tür zu. Sie fühlte sich so schwach, daß sie es kaum mehr auf den nächsten Stuhl schaffte. Ohne aufzustehen, langte sie sich ein Handtuch aus dem Wäscheschrank. Es war ein sehr altes, gediegenes Leinenhandtuch aus Oma Bertas Aussteuer, mit den Initialen BL. Berta Lothammer. So hatte Oma Berta als junges Mädchen geheißen. Das Leinen war schon etwas dünn und fadenscheinig, aber so wunderbar kühl, daß sich Janna-Berta das Handtuch über Gesicht und Kopf legte. Sie lehnte sich zurück und blieb eine Weile so sitzen, regungslos, mit geschlossenen Augen, bis ihr Elmars Geschrei an der Ampel wieder in den Sinn kam. Da schlug sie die Hände vors Gesicht. Sie fühlte das Leinen, erinnerte sich an das Handtuch und zog es sich ungestüm vom Kopf.

Am Abend kam Helga zu ihr ins Zimmer.

»Du hast bald Geburtstag«, sagte sie. »Und ich finde, den sollten wir trotz allem ein bißchen feiern. Wir laden die Verwandten ein, soweit sie in der näheren Umgebung wohnen und –«

» – noch leben«, sagte Janna-Berta.

Helga überhörte den Einwurf.

»Onkel Fred und Tante Käthe aus Harburg werden mit Margret und Mia kommen«, sagte Helga. »Sie haben schon zugesagt. Und aus Oldenburg kommen Werner, Max und Thea. Die Schnorrmanns aus Bielefeld –«

»Ich will keinen Besuch«, sagte Janna-Berta.

»Sie kommen, weil du wissen sollst, daß du nicht allein bist«, sagte Helga mit betonter Ruhe. »Nur um eins möchte ich dich bitten: daß du wenigstens an diesem Tag eine Perücke trägst.«

»Glaubst du, die sind in diesen Wochen noch keinen Kahlköpfen begegnet?« fragte Janna-Berta.

»Gewiß«, antwortete Helga. »Aber die waren nicht mit ihnen verwandt. Das ist ein großer Unterschied.«

»Du meinst, die Nichtverwandten gehen einen nichts an?« fragte Janna-Berta.

»Du bist heute gereizt«, sagte Helga. »Wir werden ein andermal darüber sprechen.«

Damit verließ sie das Zimmer.

In der Nacht träumte Janna-Berta wieder von einem riesigen blühenden Rapsfeld, über dem sich eine Wolke ballte. Und mitten im Raps stand, klein und verloren, Elmar und schrie.

10

Dann, an einem regnerischen Samstag, stand Almut vor der Tür: schmal, mager, mit Ringen unter den Augen. Janna-Berta fiel ihr um den Hals.

»Warum hast du nicht schon längst angerufen?« schluchzte sie.

»Nach all dem kann man nicht einfach mal per Telefon von sich hören lassen«, sagte Almut. »Jedenfalls *ich* kann das nicht. Als du in der Suchkartei noch unter der Herleshausener Adresse gestanden hast, bin ich hingefahren. Aber da warst du schon fort. Dort hab ich erfahren, daß dich Helga abgeholt hat.«

Almut wollte Helga begrüßen, aber die war nicht zu Hause, und Friemels saßen vor dem Fernseher. Janna-Berta half Almut aus dem Regenmantel und zog sie zu sich ins Zimmer.

»Ich hab auch Ulis Namen auf der Totenliste gefunden«, sagte Almut. »Ist es wahr?«

Janna-Berta nickte.

»Erzähl mir von ihm.«

Janna-Berta erzählte stockend. Sie berichtete in dürren Worten, in zwei, drei Sätzen.

Almut schwieg.

»Er ist noch nicht begraben«, sagte Janna-Berta. »Daran muß ich oft denken. Als ob er nachts im kalten Zimmer nicht zugedeckt wäre.«

Almut setzte sich auf Janna-Bertas Bett. Janna-Berta setzte sich neben sie und legte ihren Arm um sie.

»Du hast ja noch deine Haare«, sagte sie und ließ eine von Almuts schwarzen Strähnen durch ihre Finger gleiten.

»Ach, die Haare«, sagte Almut. Dann schwiegen sie beide.

»Was ist – was ist mit dem Kind?« fragte Janna-Berta nach einer Weile.

Almut hob die Hand und ließ sie wieder fallen.

»Hast du's –?« flüsterte Janna-Berta.

Almut nickte. Sie zog Janna-Berta an sich und begann zu weinen. »Das ist auch ein Grund, weshalb ich nicht früher gekommen bin«, sagte sie. »In den Kliniken ist überall ein furchtbarer Andrang. Man muß sich Wochen vorher anmelden. Es ist widerlich!«

»War's denn gar nicht anders möglich?«

»Nein«, sagte Almut. »Man hat es uns dringend geraten. Allen Schwangeren aus dem Schweinfurter Umkreis, die im ersten Drittel der Schwangerschaft waren. Wir haben lange überlegt. Aber ich habe nach der Flucht tagelang gekotzt und hatte einen Durchfall, der mich fast umgebracht hat. Und 'ne Menge Blut im Stuhl. Reinhard genauso. Wir sind zu spät geflüchtet. Wir haben uns erst noch um die Schüler kümmern müssen.«

Auch Janna-Berta weinte jetzt.

»Das Schlimmste ist, daß uns niemand sagen kann, ob wir überhaupt jemals Kinder haben können. Normale Kinder –« Almut lachte kurz auf. »Keine mit einem Auge auf der Stirn oder mit zwei Köpfen.«

Sie ließ sich seitlich aufs Bett fallen, schlug die Hände vors Gesicht und weinte. Janna-Berta strich Almut über den Kopf. Wie weich ihr Haar war, wie schön es sich anfühlte!

»Genug geheult«, sagte Almut, setzte sich auf und schneuzte sich. »Reinhard läßt dich ganz herzlich grüßen. Ab nächster Woche unterrichtet er wieder. In Wiesbaden-Frauenstein. Gestern hat er den Bescheid bekommen. Er hatte gar nicht zu hoffen gewagt, daß es so schnell gehen würde. Bei mir wird's wohl noch lange dauern.«

Sie erzählte, daß sie mit einem Bekannten gekommen war. Sie hatte den Sprit mitbezahlt. Nur bis zum Sonntagmorgen hatte sie Zeit, dann fuhr der Bekannte wieder zurück.

»Habt ihr denn euren Wagen nicht mehr?« fragte Janna-Berta.

Nein, sie waren ihn auf der Flucht losgeworden. Im Stau. Drei Männer, deren Wagen stehen geblieben war, hatten die Fahrertür aufgerissen und Reinhard herausgezerrt. Was war Almut anderes übriggeblieben, als auch hinauszuklettern? Bevor die Männer weitergefahren waren, hatten sie Reinhard die Schlüssel ihres eigenen Wagens aus dem Fenster gereicht.

»Sie haben gegrinst dabei«, sagte Almut, »und gesagt: ›Vielleicht springt er ja bei euch an. Toi – toi – toi!‹ Natürlich ist er *nicht* angesprungen. Wir mußten zu Fuß weiter, bis uns irgendwann jemand mitgenommen hat.«

Janna-Berta dachte nach. Dann fragte sie: »Warum hast du Uli gesagt, wir sollen in den Keller gehn?«

»Ihr wart ja viel weiter weg vom Reaktor als wir«, sagte Almut. »Ich konnte mir nicht vorstellen, daß auch bei euch evakuiert wird. Und ihr beiden allein auf den vollgestopften Straßen – das hielt ich für zu gefährlich. Ich hab auch immer noch gehofft, daß eure Eltern rechtzeitig wegkommen. Dann hätten sie euch doch bestimmt geholt. Wenn ich gewußt hätte –«

Sie stockte.

»Kurz nach dir hat Mutti angerufen«, erzählte Janna-Berta. »Sie wollte, daß wir flüchten. Vielleicht wäre Uli noch am Leben, wenn wir in den Keller gegangen wären.«

»Vielleicht auch nicht«, murmelte Almut. »Es ist sinnlos, darüber nachzudenken.«

»Das letzte, was sie sagte, war ›um Gottes willen‹«, sagte Janna-Berta.

Dann lief sie in die Küche, briet Almut ein paar Spiegeleier und kochte Kaffee. In ihrem Eifer bekleckerte sie die Herdplatte. Sie schob ihre Schulbücher vom Schreibtisch und deckte auf. Almut aß heißhungrig. Sie hatte während der ganzen Fahrt von Wiesbaden bis Hamburg nichts gegessen. Janna-Berta kauerte mit angezogenen Knien neben ihr auf dem Bett.

»Wenn dich Oma Berta so zu sehen bekäme«, sagte Almut mit vollem Mund, »würde sie dir sofort eine Mütze stricken. Erstens, damit man's nicht sieht, und zweitens, damit du's warm hast.«

»Wenn sie mich so sähe«, sagte Janna-Berta, »das wär für sie, als wenn ich nackt vor ihr rumlaufen würde.«

Almut mußte lachen. Janna-Berta lachte mit.

»Hat aber auch Vorteile«, sagte Almut. »Du bist schon von weitem als Hibakushi erkennbar. *Ich* muß immer erst sagen, daß ich dazugehöre.«

So hatte es Janna-Berta bisher noch nicht gesehen. Es tat gut, daß Almut hier war. Janna-Berta war in diesen letzten Tagen fast noch schweigsamer als Helga geworden. Nun begann sie zu reden, sie sprudelte wie ein Wasserfall. In allen Einzelheiten schilderte sie die Flucht und was auf dem Bad Hersfelder Bahnhof geschehen war. Sie erzählte von der Zeit im Nothospital von Herleshausen und sprach von Helga und Elmar. Almut hörte still zu und nickte nur hin und wieder. Sie waren so vertieft ins Erzählen und Zuhören, daß sie vergaßen, wo sie sich befanden und wie spät es war.

Dann klopfte es an ihre Zimmertür. Es war Helga. Sie

begrüßte Almut in ihrer kühlen Art und fragte, ob sie Genaueres wisse über den Tod von Janna-Bertas Eltern und Kai. Aber Almut wußte nicht mehr als sie.

»Du kannst hier übernachten«, sagte Helga zu ihr, bevor sie das Zimmer wieder verließ.

Beim Abendessen gerieten Onkel Friemel und Almut aneinander. Onkel Friemel sorgte sich um sein Hab und Gut: »Wenn ich mir abends vor dem Einschlafen vorstelle, daß man uns vielleicht längst unseren Laden ausgeplündert hat –«

»Aber Paul«, sagte Tante Friemel und tätschelte seine Hand, »wir leben doch nicht in irgendeiner Bananenrepublik.«

»Bis *wir* wieder heimkönnen«, sagte Almut, »wächst Efeu durch die Wände. Wir haben alles abgeschrieben. Wir fangen neu an. Und wir freuen uns über jeden Tag, der uns bleibt.«

Dann erzählte sie von den ersten Solidarisierungsversuchen der Hibakusha im Rhein-Main-Gebiet.

»Solidarisierungsversuche?« fragte Onkel Friemel. »Wer solidarisiert sich mit wem gegen wen?«

»Wir Überlebenden aus dem Katastrophengebiet«, sagte Almut, »werden über kurz oder lang eine eigene Klasse in der Gesellschaft werden: die Klasse der kränklichen Habenichtse. Uneffektiv für die Wirtschaft und vor allem nichts zum Vorzeigen. Außerdem unbequem: Wir erzeugen Schuldgefühle und hindern am Vergessen und Verdrängen.«

»Du übertreibst«, meinte Helga.

»Ich übertreibe?« Almut lächelte. »Du solltest dir ein Buch über Hiroshima besorgen. Die Überlebenden dort und wir – und alle, die vielleicht noch dazukommen: Wir sind die Aussätzigen des zwanzigsten Jahrhunderts.«

»Sag doch nicht solche entsetzlichen Sachen«, rief Tante Friemel und hob abwehrend die Hände.

Almut überhörte ihren Protest.

»Dabei können wir noch von Glück sagen«, fuhr sie fort. »Hitler hätte uns vergast. Mit unseren verpfuschten Genen.«

»Na, na«, sagte Onkel Friemel und lehnte sich zurück. »Das

gehört nun wirklich nicht hierher. Die Frage ist doch nur, was tun wir, wenn sich herausstellt, daß die schwer Strahlengeschädigten – verzeih, Almut, ich weiß, daß dich das treffen muß – daß also die schwer Geschädigten nur kranke Kinder haben können. Ich meine –«

»Du meinst, dann wird man uns wohl daran hindern müssen, Kinder zu kriegen«, unterbrach ihn Almut. »Hatten wir das nicht auch schon mal?«

»Aber Almut!« rief Tante Friemel aus. »Das hat er doch gar nicht gesagt.«

»Gesagt nicht«, entgegnete Almut.

Helga stand auf und begann den Tisch abzuräumen. Almut folgte ihr in die Küche. Sie säuberte die Herdplatte und schrubbte die Spiegeleierpfanne aus, während Helga einen Brief von Oma Berta vorlas, der an diesem Tag angekommen war. Es ging ihnen gut, sie waren ganz braun gebrannt und freuten sich, daß bei dem Reaktorunfall niemandem in der Familie etwas wirklich Tragisches zugestoßen war. Sie wünschten Sohn, Schwiegertochter und Enkeln eine baldige vollständige Genesung und wollten also dortbleiben, bis man sich wieder in Schlitz aufhalten dürfe.

»Gott sei Dank«, sagte Helga.

»Was ›wirklich Tragisches‹«, sagte Almut. »Sie bringt es nicht mal fertig, das Wort ›Tod‹ zu gebrauchen.«

Später, beim Flackerlicht einer Kerze wieder in Janna-Bertas Zimmer, erzählte Almut von ihrem jetzigen Leben in Wiesbaden-Bierstadt. In einer winzigen Kellerwohnung – Wohnküche, Schlafraum und Toilette – lebten sie und Reinhard und Reinhards Vater.

Janna-Berta erinnerte sich gern an Reinhards Vater. Er hatte eine kleine Gärtnerei in Bad Kissingen betrieben. Wenn sie an ihn dachte, sah sie ein freundliches Gesicht, das immer zwischen Blumen auftauchte, und Hände mit schmutzigen Fingernägeln und Schwielen.

Almut schilderte, wie schwierig es war, mit der Hauseigentümerin in Frieden auszukommen.

»Sobald wir wieder auf den Beinen stehen konnten«, sagte Almut, »sind wir aus dem Sammellager in die Wohnung eingewiesen worden. Die Madame hat sich gewehrt bis zuletzt, obwohl sie das ganze übrige Haus für sich allein hat. Natürlich sind wir ihr zu laut und zu fordernd und zu anders. Ein bißchen kann ich sie sogar verstehen. Sie ist alt. Sie kann sich nicht so schnell darauf einstellen, daß sie nicht mehr die einzige ist, die in ihrem Haus Geräusche macht – und machen darf.«

Janna-Berta nickte.

Dann sprach Almut von Millionen evakuierter und freiwillig geflüchteter Menschen, die von einem Tag zum anderen im ganzen Bundesgebiet hatten untergebracht werden müssen. Manchmal war es dabei fast zu Mord und Totschlag gekommen. Aber es hatte auch Nichtgeschädigte gegeben, die halfen, wo sie konnten. Almut erzählte von einem Pfarrer in Wiesbaden, der sich unermüdlich für die Flüchtlinge einsetzte, und von einer Sozialhelferin in Mainz, die einen ganzen Ring ehrenamtlicher Helfer aufgezogen hatte, um die Überlebenden zu betreuen.

»Und nun organisieren wir uns auch politisch«, sagte Almut. »Viele Nichtgeschädigte schließen sich uns aus Solidarität an. Wir gewinnen an Boden, wir können etwas bewirken –«

»Kannst du dich noch an die Demonstrationen nach Tschernobyl erinnern?« fragte Janna-Berta. »Da wart ihr auch voller Hoffnungen gewesen, Mutti und Vati und du. Ich hab das gespürt, obwohl ich noch klein war. Aber Oma und Opa haben recht behalten: Alles ist wieder eingeschlafen, und es war, als wäre Tschernobyl nie gewesen. Nicht mal die vielen Ukrainer, die langsam dahinstarben, haben daran was ändern können. Mutti und Vati haben oft darüber gesprochen.«

»Tschernobyl war noch zu wenig«, entgegnete Almut. »Und wer weiß? Vielleicht ist sogar Grafenrheinfeld noch zu wenig. Man kann sich immer noch größere Unfälle vorstellen.«

»Die Leute fangen schon wieder an zu vergessen«, sagte Janna-Berta. »Darum trag ich keine Perücke.«

Almut strich ihr über den Kopf.

Helga wollte die Couch im Wohnzimmer richten, aber Almut wollte bei Janna-Berta schlafen. Gemeinsam trugen sie eine Matratze in Janna-Bertas Zimmer und legten sie auf den Fußboden. Janna-Berta bot Almut das Bett an, aber Almut dankte und streckte sich auf der Matratze aus. Janna-Berta löschte die Kerze.

»Schläfst du schon?« begann Almut nach einer Weile.

»Nein.«

»Es gibt etwas, von dem ich nicht weiß, ob ich's dir erzählen soll –« Almut stockte.

»Erzähl«, sagte Janna-Berta.

»Du mußt mir sagen, wenn ich aufhören soll«, sagte Almut. Dann begann sie: »Gleich am ersten Vormittag, nur ein oder zwei Stunden nach dem Unfall, haben sie einen Gürtel um die Sperrzone EINS gezogen. Polizei und Militär in Schutzanzügen. Sie haben die Leute in der Zone aufgefordert, in die Keller zu gehen. Und – es heißt, wer flüchten wollte, auf den wurde geschossen. Mit Maschinengewehren.«

Janna-Berta dachte an das, was ihr Ayse einmal erzählt hatte.

»Glaubst du, es ist wahr?« fragte sie.

»Ja«, antwortete Almut. »Sie haben es zu verheimlichen versucht, aber so was läßt sich nicht verheimlichen.«

»Und warum –«

»Es heißt, die Bewohner der Sperrzone EINS seien so verseucht gewesen, daß sie den anderen gefährlich geworden wären. Und es heißt, sie hätten sowieso keine Überlebenschance gehabt. Sie wären langsam und qualvoll verreckt.«

Nach einer langen Pause fragte Janna-Berta: »Aber die Polizisten und Soldaten, wie können sie –?«

»Menschen sind zu allem fähig«, antwortete Almut.

Wieder gab es eine lange Pause. Dann fragte Janna-Berta: »Glaubst du, Vati war auch bei denen, die nicht mehr herausdurften?«

»Ich weiß es nicht«, antwortete Almut.

Janna-Berta weinte.

»Ich möchte nicht hierbleiben«, sagte sie. »Nimm mich mit nach Wiesbaden - bitte!«

»Ich tät's gern, das weißt du«, sagte Almut. »Aber in unserem Keller ist einfach kein Platz. Versuch's hier auszuhalten, bis wir eine neue Bleibe gefunden haben. Und hör zu - wenn du's überhaupt nicht mehr aushältst, komm trotzdem.«

Am nächsten Vormittag holte der Bekannte Almut mit dem Wagen ab. Janna-Berta kämpfte mit den Tränen, als Almut einstieg. Sie sah alles nur noch verschwommen.

»Halt die Ohren steif!« hörte sie Almut rufen, bevor der Wagen um die Ecke verschwand.

Sie blieb noch lange stehen. Als sie wieder in die Wohnung zurückkehrte, schnitt Helga in der Küche Zwiebeln. Überrascht hob sie den Kopf. Ihre Augen tränten.

»Ich dachte schon«, sagte sie, »du seist mit ihr auf und davon.«

11

Janna-Berta war jetzt fast jeden Tag mit Elmar zusammen. Eigentlich mochte sie ihn nicht besonders. Schon daheim war sie ihm aus dem Weg gegangen, obwohl sie ihn bewundert hatte. Jetzt war er noch schwerer zu ertragen. Er hielt endlose Vorträge, und alles sah er nur noch negativ. Wenn ihn jemand reizte, wurde er aggressiv. Aber wenn sie nicht mit Helga und den Friemels zusammensein wollte - wen hatte sie außer ihm?

Meistens trafen sie sich vor dem Schulgebäude, denn er wohnte in der entgegengesetzten Richtung. Fast immer war er schon vor ihr da. Wenn das Wetter schön war, schlenderten sie in den nächsten Park. Wo Hamburg grün war, so meinte Janna-Berta, sah es Schlitz ein bißchen ähnlich.

»Grün?« sagte Elmar verächtlich. »Wo ist denn diese Betonwüste grün?«

»Mit wem unterhältst du dich, wenn du daheim bist?« fragte sie ihn einmal.

»Du meinst, bei meinen Verwandten?« fragte er zurück. »Mit niemandem. Mein Vater brütet vor sich hin, und meine Verwandten interessieren sich für nichts. Jedenfalls nicht für das, was mir wichtig ist.«

Janna-Berta nickte.

Einmal empfing Elmar sie mit dem Ruf: »Wir werden arm, Janna-Berta!«

»Wer?« fragte sie verdutzt. »Du und deine Eltern?«

»Ich spreche von uns allen«, sagte er ungehalten. »Grafenrheinfeld macht uns arm. Die vielen Obdachlosen und Arbeitslosen und Kranken! Die bringen nichts ein. Die kosten nur. Und die Landwirtschaft ist sowieso kaputt. Der Verkehr ist halb gelähmt. Die Industrie ist gestört –«

»Siehst du denn was von Armut?« fragte Janna-Berta erstaunt. »Ich nicht.«

Elmar sah sie entrüstet an. »Wenn du die Augen aufmachst, siehst du's überall! Die Verkäufe, die Ausverkäufe! Siehst du die vielen ZU-VERKAUFEN-Schilder nicht? Und die vielen Anzeigen in den Zeitungen: ›Umständehalber abzugeben‹? Gehst du blind durch die Stadt? Und liest du keine Zeitung?«

Janna-Berta verteidigte sich. In Hamburg war ihr alles neu. In Schlitz wären ihr solche Schilder aufgefallen. Und was die Zeitung betraf: Die Anzeigenseiten hatte sie noch nie gelesen.

»Solltest du aber!« rief Elmar. »Sie inserieren um ihr Leben. Aber sie kriegen ihr Zeug nicht los, egal, ob's eine Fabrik oder ein Pelzmantel ist. Supermärkte, Ladengeschäfte, Wohnhäuser, alles kann man zu Spottpreisen bekommen. Eine Zwangsversteigerung nach der anderen!«

Von all dem wußte Janna-Berta nichts. Elmar war empört, daß sie sich auch die Nachrichtensendungen im Fernsehen nicht ansah. Janna-Berta seufzte. Meistens saßen die Friemels vor dem Fernseher, und denen ging sie aus dem Weg.

»Wer sich nicht informiert, verdrängt«, sagte Elmar.

»Würde ich dann so herumlaufen?« fragte sie zornig.

Einmal kam Elmar auf seine Verwandten zu sprechen.

»Das Armwerden ist für sie noch nicht das Schlimmste«, sagte er, »obwohl sie's hart ankommt, vom hohen Roß herunter zu müssen. Viel schlimmer ist die Angst, die sie jetzt kriegen: Angst vor Unruhen, Angst vor dem Pleitegeier, Angst vor den Langzeitfolgen. Tante Hedi schläft nicht mehr gut, und Onkel Kurt schreit bloß noch alle an. Wir sind zäh, wir Deutschen, und wenn's drauf ankommt, vollbringen wir Wunder, Wirtschaftswunder. Aber einen Silberstreifen am Horizont müssen wir sehen können.«

Schon damals, in Fulda, hatten sich die Klassenkameraden zugezwinkert, wenn er so in Fahrt gekommen war. Jetzt sprach er noch hektischer, noch besessener. Janna-Berta starrte ihn gebannt an. War er noch ganz bei Trost? Vielleicht nicht. Zwar schimmerte immer noch etwas auf von seinem alten Musterschülerglanz. Immer noch war er imstande, eine Lage schnell zu übersehen, Probleme zu durchschauen. Aber das, was sie früher so sehr an ihm bewundert hatte, konnte er nicht mehr: Lösungen finden. Ihr schien, als ob er daran am meisten litt.

»Lösungen?« sagte er, wenn sie danach fragte. »Ich sehe keine. Weder für mich noch für irgendwen.«

Er blieb stehen und sah sie an. »Ich wollte Arzt werden«, sagte er.

»Und ich wollte Kinder haben«, sagte Janna-Berta.

Aber Elmars Drang, Vorträge zu halten, ließ nach. Je näher das Ende des Schuljahres kam, desto schweigsamer wurde er. Zwar traf er sich noch mit ihr, aber er trottete stumm neben ihr her. Jetzt sehnte sie sich nach seinen Vorträgen. Sie sah sich die Nachrichten an und las die Anzeigenseiten.

Acht Tage vor Ferienbeginn wurde das Mädchen aus Bad Brükkenau krank, und sie kam die ganze Woche nicht mehr zum Unterricht.

»Ich hab sie besucht«, berichtete der Junge aus Bamberg. »Es geht ihr schlecht.«

Auf die Frage der Klassenkameraden, was sie für eine Krankheit habe, sprach er von Lungenentzündung. Janna-Berta paßte ihn auf dem Schulhof ab und fragte: »Wirklich?«

»Natürlich nicht«, antwortete er. »Es ist Leukämie. Es ging ihr schon die ganze letzte Zeit so schlecht, aber sie hat's nicht wahrhaben wollen. Du weißt ja. Gestern haben sie sie in eine Spezialklinik geschafft.«

Als Janna-Berta aus der Schule heimkam, öffnete ihr Helga die Tür.

»Wir müssen in den nächsten Tagen unbedingt zum Friseur«, sagte sie. »Perücken sind jetzt knapp, und dein Geburtstag ist in zwei Wochen.«

»Ich zieh keine Perücke auf!« rief Janna-Berta.

»Beruhige dich«, sagte Helga. »Du kannst ihnen ja erzählen, daß du eine Perücke trägst.«

»Und was haben sie davon?« fragte Janna-Berta.

»Ach Kind, du willst einfach nicht verstehen. Es sieht nun einmal, wie soll ich sagen, bedrückend aus, wenn ein junger Mensch keine Haare hat. Ich bitte dich, das läßt sich doch so leicht arrangieren. Nur so lange, bis alle wieder abgereist sind.«

Schließlich nickte Janna-Berta resigniert und ging mit zum Friseur. Aber sie lehnte es ab, sich selber eine Perücke auszusuchen. Helga mußte es für sie tun. Sie entschied sich für eine kurzgelockte, mittelblonde.

»Ich war viel heller«, sagte Janna-Berta.

Aber es gab keine hellere Perücke, die ihr paßte. Helga ließ die mittelblonde einpacken.

»Du wirst sicher reich beschenkt werden«, sagte sie auf dem Nachhauseweg, das Päckchen mit der Perücke unterm Arm.

Janna-Berta zuckte mit den Schultern. Zu Hause schaltete sie das Küchenradio ein und hörte Rockmusik, bis Onkel Friemel böse wurde.

Janna-Berta freute sich nicht auf den letzten Schultag, und als er da war, dachte sie ratlos an die Ferien. Das Zeugnis, das sie ausgehändigt bekam, enthielt nur eine probeweise Versetzung.

»Weil du sehr spät im Schuljahr an diese Schule gekommen bist«, hieß es, »und ohne Zeugnis. Wir kennen deine Leistungen noch nicht so genau.«

In der Pause verteilte ein Mädchen aus Janna-Bertas Klasse Einladungskärtchen für ihren Geburtstag. Janna-Berta erhielt keines.

»Vergiß es«, sagte der Junge aus Bamberg, der plötzlich neben ihr stand. »Du bist nicht eingeladen, genausowenig wie ich. Nicht wegen ihr – ihre Mutter hat was dagegen.«

Janna-Berta nickte. Sie war keine Zierde für einen Geburtstag.

Die anderen hatten es eilig, als sie der Klassenlehrer entließ. Sie nicht. Sie wartete vor Elmars Klasse. Aber als seine Mitschüler den Raum verließen, war er nicht dabei.

»Weißt du's noch nicht?« fragte einer. »Er ist nicht versetzt worden. Deshalb brauchte er heute nicht zu kommen.«

»Elmar?« fragte Janna-Berta ungläubig.

»Hat nichts mehr getan und nichts mehr gesagt«, bekam sie zur Antwort. »Hat sich einfach hängenlassen.«

Janna-Berta war den Tränen nahe.

»Daheim«, sagte sie, »war er der Beste.«

»Daheim wart ihr alle die Besten«, hörte sie noch irgend jemanden sagen, dann ging sie davon.

Helga war schon früher heimgekommen. Wortlos legte ihr Janna-Berta das Zeugnis auf den Schreibtisch.

»Ich habe mich über deine Noten schon informiert«, sagte Helga. »Du wirst in den Ferien viel für die Schule tun müssen. Ich werde mich darum kümmern.«

»Ich möchte jemand zu meinem Geburtstag einladen«, sagte Janna-Berta.

Sie nannte Elmars Namen. Zu ihrem Erstaunen hatte Helga nichts dagegen.

»Er hat auch keine Haare«, sagte sie.

Helga sah Janna-Berta scharf an.

»Ich mag ihn!« schrie Janna-Berta und lief in ihr Zimmer.

Das Abendessen verlief schweigsam. Janna-Berta wunderte sich. Tante Friemel aß nur ein paar Bissen.

»Du mußt doch nicht gleich in Panik geraten, nur weil dir ein paar Haare ausgehen«, sagte Onkel Friemel halblaut und tätschelte ihre Hand.

»Ach, was weißt du!« rief sie, stand auf und verschwand in ihr Zimmer, noch bevor die anderen fertig gegessen hatten. Das tat sie sonst nie. Im Gegenteil – bei Janna-Berta fand sie's ungehörig. Onkel Friemel blieb hüstelnd sitzen. Nach dem Essen schaltete er den Fernseher ein.

»Expertengespräche«, knurrte er. »Jeden Tag Expertengespräche.«

Er schaltete wieder aus, wünschte eine gute Nacht und zog sich ebenfalls zurück. Helga setzte sich, nachdem sie das schmutzige Geschirr in den Geschirrspüler gestapelt hatte, in ihrem Arbeitszimmer an den Schreibtisch. Janna-Berta blieb allein im Wohnzimmer.

Das war neu. Die Stimmen der Friemels klangen sehr leise und sehr fern, und bald verstummten sie ganz. Ein paar Mücken summten um die Lampe. Janna-Berta schaltete den Fernseher ein. Noch immer das Expertengespräch. Natürlich über die Katastrophe. Gerade sprach der neue Innenminister. Sie erwischte ihn mitten in einem Satz.

»– Sie *uns* doch nicht die Alleinschuld geben!« rief er einem anderen in der Gesprächsrunde zu, den Janna-Berta nicht kannte. »Ich gebe Ihnen recht, daß wir in letzter Konsequenz verantwortlich sind dafür, daß nach Tschernobyl nicht alle Reaktoren abgeschaltet wurden. Aber bitte, wie ist es denn zu der Entscheidung gekommen, nicht abzuschalten: Es ist dazu gekommen in einem langen, demokratischen Entscheidungsprozeß. Und an diesem Prozeß waren *alle* beteiligt, Wissenschaftler, Politiker und nicht zuletzt doch auch der Bürger, der die Politiker gewählt hat. Und welcher Politiker hätte denn aus seinem

Standpunkt in der Frage der Kernenergie ein Hehl gemacht? Nein, wenn Sie glauben, Sie hätten mit den Politikern die Alleinschuldigen ausgemacht, machen Sie es sich zu leicht. Wir alle sind schuld an dem, was geschehen ist, und wir alle müssen –«

Janna-Berta kamen die steinernen Figuren auf dem Regal im Herleshausener Nothospital in den Sinn. Sie waren kühl und griffig gewesen.

»Aber wir haben doch immer auf das Restrisiko hingewiesen!« rief der Vertreter der Kraftwerksbetreiber. »Das können Sie doch nicht bestreiten.«

Einer wie der andere. Keiner wollte schuld sein.

Sie schaltete den Fernseher aus und ging zu Bett.

In der Nacht schlief sie wenig. Sie sah die Ferien vor sich liegen, in den Zeiten vor Grafenrheinfeld die schönsten Wochen des Jahres. Jetzt würden sie zu einem Meer von Einsamkeit, Langeweile und Traurigkeit werden. Sie fürchtete diesen schrecklichen Geburtstag mit einer endlosen Kette von Beileidsbezeugungen, mit sinnlosen Geschenken und einer Fülle von Vorurteilen. Sie sah sich in dunklen Kleidern neben Elmar stehen und spürte sich angesteckt von seiner Hoffnungslosigkeit. Sie sah Helga und die Friemels vertausendfacht bis hin zum Horizont.

Am nächsten Morgen kehrte sie zurück in die leere Schule. Es roch nach ungelüfteten Jacken und nassen Tafellappen. Putzfrauen schrubbten die Gänge. Musik aus einem Kofferradio hallte durchs Treppenhaus. Im Sekretariat klapperte eine Schreibmaschine. Janna-Berta öffnete die Tür und bat die erstaunte Sekretärin um Elmars Adresse. Sie erhielt sie auf einem Zettel.

»Du hast die Ferien aber auch nötig, was?« sagte die Sekretärin nach einem prüfenden Blick auf Janna-Bertas Gesicht. »Du bist ja fast durchsichtig.«

Drüben in Barmbek also. Janna-Berta ging zu Fuß. Sie hatte viel Zeit. Auf einer Brücke blieb sie lange stehen, stützte die Ellbogen aufs Geländer und den Kopf in die Hände und schaute ins

Wasser hinunter. Es war ölig. Regenbogenschlieren schimmerten.

Elmar wohnte in einem mehrstöckigen Mietshaus. Als Janna-Berta es betrat, fragte sie eine Frau, die ihren Briefkasten leerte, nach Elmars Familie.

»Die lassen sich nicht kondolieren«, sagte die Frau. »Da brauchst du dich nicht zu bemühen. Es macht niemand auf.«

»Kondolieren?« fragte Janna-Berta. »Ist Elmars Mutter gestorben?«

»Die Mutter nicht«, sagte die Frau, »der Junge. Ja, weißt du denn gar nicht –?«

»Aber er war doch vorgestern noch –«, stammelte Janna-Berta und schluckte.

»Hat Schluß gemacht«, sagte die Frau, »ohne jemand was davon zu sagen. Gestern vormittag hat ihn der Vater gefunden. Lag ganz friedlich im Bett. Tabletten. Wer weiß, wo er die her hatte. Sie haben ihn gleich fortgeschafft, aber da war nichts mehr zu machen. Die Kripo war auch hier. Hätten die sich sparen können. Der Junge hat das ganz allein erledigt. Nicht mal ein paar Zeilen hat er zurückgelassen. Armer Kerl. Hat keine Lust mehr gehabt. Er hat's wohl nicht ertragen –«

Mit einem Blick auf Janna-Bertas Kopf verstummte sie.

»Du kannst ja mal klingeln«, sagte sie schließlich. »Aber es waren schon ein paar Leute da, und keinen haben sie reingelassen.«

Janna-Berta dankte, grüßte und ging. Sie stand wieder lange auf der Brücke, saß dann stundenlang in den Anlagen am Alsterufer und kam erst abends heim – so spät, daß sie niemandem zu begegnen brauchte, weder Helga noch den Friemels.

In der Nacht faßte sie einen Entschluß.

Gegen Morgen packte sie ein bißchen Unterwäsche, ein Ersatzpaar Schuhe und die Geldbörse mit ihrem Taschengeld in einen Plastikbeutel. Das Päckchen mit der Perücke, das noch immer auf dem Sessel lag, dort, wo Helga es nach dem Einkauf abgelegt hatte, rührte sie nicht an. Aus dem Küchenschrank nahm sie sich noch eine Packung Kekse, dann schlich sie sich aus der Wohnung.

Sie wanderte südwärts durch die Stadt. In einem Secondhand-shop kaufte sie sich ein leuchtend rotes T-Shirt und eine weiße Hose. Sie ließ die neuerworbenen Sachen gleich an. Mit einem Rest von sieben Mark fünfzig trabte sie davon.

Den ganzen sommerblauen Morgen lief sie aus der Stadt hinaus, bis sie an einer Tankstelle jemanden fand, der sie mitnahm.

In fünf Etappen erreichte sie Wiesbaden. Bis auf eine alte Frau waren alle, mit denen sie fuhr, Hibakusha.

Es dämmerte schon, als sie in Wiesbaden ankam. Sie hatte keinen Pfennig Geld mehr bei sich. Unterwegs hatte sie sich eine Tüte mit Pommes frites, eine Bockwurst und etwas zu trinken gekauft. Sie vermutete, daß nur die Coca-Cola »sauber« gewesen war. Aber sie hatte nicht mehr Geld bei sich gehabt und war so hungrig gewesen. Sie war ja sowieso schon verseucht und verloren.

Jetzt war sie müde. Langsam schleppte sie sich den steilen Bierstadter Berg hinauf und fragte sich durch bis zum Wartturm. Da sie im Dunkeln die Hausnummern nicht entziffern konnte, blieb ihr nichts anderes übrig, als an einer Tür zu schellen.

Schritte schlurften heran. Janna-Berta versuchte sich zu erinnern, wo sie eine ähnliche Szene schon einmal erlebt hatte. Eine alte Dame im Hausmantel öffnete. Mißtrauisch starrte sie Janna-Berta an, die sich für die späte Störung entschuldigte und nach der Hausnummer fragte. Als Janna-Berta bestätigt bekam, daß es die Nummer war, die sie suchte, und sich nach dem Eingang zur Wohnung von Almut und Reinhard Sommerfeld erkundigte, sagte die alte Dame ungehalten: »Es ist Viertel nach zehn. Ein bißchen spät für Besuche.«

»Ich komme aus Hamburg«, sagte Janna-Berta.

»Ohne Gepäck?« fragte die Alte. »Nur mit einem Plastikbeutel? Das glaube dir, wer will.«

»Almut Sommerfeld ist meine Tante«, sagte Janna-Berta. »Sie erwartet mich.«

»Mach dir keine Hoffnungen, hier wohnen zu können«, sagte die Alte. »Die Wohnung ist schon für drei zu klein. Hier kommt mir keiner mehr rein. Keiner!«

Damit schlug sie die Tür zu. Janna-Berta tappte die Stufen hinunter und schlich ums Haus. Aus einem halbgeöffneten Kellerfenster schimmerte Licht. Sie bückte sich und klopfte. Reinhard erschien, horchte und näherte sich dem Fenster.

»Ich bin's, Janna-Berta«, flüsterte sie.

»Mädchen!« rief Reinhard und öffnete das Fenster. »Komm rein!«

Sie fand, daß sie jetzt keine Zeit hatte, nach der Kellertür zu suchen. Sie setzte sich in den Kies und schwang die Beine über die Fensterbank. Reinhard fing sie auf.

»Willkommen, Janna-Berta«, sagte er.

12

Es war wirklich eng in der Kellerwohnung, die der Hausbesitzerin früher als Gästesuite gedient hatte. Almut und Reinhard schliefen in dem kleinen Schlafzimmer, Reinhards Vater auf der Wohnzimmercouch. Wohin nun mit Janna-Berta?

Man fand keine bessere Lösung, als eine Matratze in den Flur zu legen. Aber noch war keine überzählige Matratze da. So legte sich Reinhard in der ersten Nacht zu seinem Vater auf die Couch, und Janna-Berta kam bei Almut unter.

Die beiden schliefen lange nicht, obwohl Janna-Berta nach der langen Fahrt todmüde war. Sie erzählte Almut von der Schule und von Helga und der Perücke. Nach einigem Zögern auch von Elmars Tod.

»Es ist gut, daß du gekommen bist«, sagte Almut. »Ich hätte dich gleich mitnehmen sollen. Unser Leben hier ist zwar ein einziges Provisorium – aber vielleicht ist es gerade *das*, was du jetzt brauchst.«

»Ich brauch keine geordneten Verhältnisse«, flüsterte Janna-Berta. »Nichts von dem, was ich in Hamburg hatte.«

»Schau halt, wie du mit uns klarkommst«, sagte Almut. »Wir selber versuchen, uns nicht gegenseitig auf die Nerven zu fallen. Was wir dir bieten können, ist der schwache Trost, daß auch wir manchmal verzweifelt sind und nicht weiterwissen – und daß du hier ›Scheiße‹ sagen kannst, wann immer dir danach ist.«

Mit einem Gefühl von Geborgenheit schlief Janna-Berta ein, träumte nichts und wachte auch nicht auf, als ihr Almut, in einem Angsttraum wild um sich schlagend, gegen das Schienbein trat.

Sie wollte sich den anderen gern nützlich machen. Aber sie kam gar nicht dazu, nach Arbeit zu fragen. Gleich am nächsten Morgen nahm Reinhards Vater sie mit. »Paps«, wie ihn alle nannten, hatte die Küche übernommen und machte die Einkäufe, während Reinhard unterrichtete und Almut für eine neugegründete »Notgemeinschaft der Atomgeschädigten« unterwegs war. Paps unterwies Janna-Berta, welche Lebensmittel man unbedenklich essen konnte, auf welche Stempel und Aufdrucke man achten mußte, welchen Geschäften man trauen durfte.

»Wir halten uns an Reis«, sagte er. »Morgens, mittags, abends Reis. Alles übrige ist nur ein Drumrum. Wenn man sich erst dran gewöhnt hat, geht das ganz gut. Reis ist zwar doppelt so teuer wie früher, aber gerade noch erschwinglich. Mit Fleisch haben wir ganz Schluß gemacht. Zu riskant. Die versuchen immer wieder, einem das verseuchte Zeug anzudrehen, und das Fleisch aus Argentinien und Brasilien ist zu teuer.«

»Wozu das alles?« fragte Janna-Berta verwundert. »Wir sind doch längst verseucht!«

»Stimmt«, sagte Paps. »Aber wir feilschen um jeden Tag. Und dabei zählt jeder saubere Salatkopf.«

Das leuchtete ihr ein. Sie bemühte sich, seine Ratschläge zu behalten und sich die Läden, in denen er kaufte, einzuprägen. »Vor allem«, sagte er, »trau den Behörden nicht.«

Janna-Berta nickte. Sie mochte ihn. Sein Gesicht war braungebrannt von der Arbeit im Freien. Der weiße Haarschopf ließ es noch dunkler erscheinen. Daß Paps nachts laut schnarchte, verzieh sie ihm.

Auf dem Postamt gab sie eine Karte an Helga auf. Almut und Reinhard hatten darauf bestanden. Dann kaufte Paps ihr eine Luftmatratze.

Zurück vom Einkauf, kochten sie zusammen ein Gericht, das in keinem Rezeptbuch zu finden war: indischen Reis mit kolumbianischen Bohnen. Reinhard und Almut fanden es genießbar, obwohl ein paar Bohnen noch hart waren. Paps meinte, wenn sie noch hart seien, könne es sich nicht um Bohnen handeln. Vielleicht seien es Gewehrkugeln. Janna-Berta registrierte verblüfft, daß gelacht wurde. Hier wurde oft und gern gelacht. Aber es dauerte ein paar Tage, bis sie mitlachte.

Janna-Berta schrieb für Almut Adressen auf Stapel von Briefumschlägen, sie begleitete sie auf Behördengängen, tippte mit zwei Fingern Briefe für sie, nahm ihr die Wäschewascherei ab und putzte mit ihr zusammen die Wohnung. Sie half beim Sammeln von Spenden für die Einrichtung eines Hibakusha-Zentrums und bekam mehr gespendet als Almut.

»Das macht dein Kopf«, sagte Paps. »Wer dir begegnet, ist dankbar dafür, daß er besser weggekommen ist.«

Als sich Paps tagelang mit einem hartnäckigen Durchfall herumquälte, übernahm Janna-Berta das Kochen, bis auch für Reinhard das Schuljahr zu Ende ging. Reinhard kochte gern und gut. Aber Almut brauchte ihn auch beim Einrichten des Zentrums.

»Da wird es eine Rechtsberatung und eine ärztliche Beratung und einen Beistand für allen Formalitätenkram geben, und bei der Wohnungsbeschaffung werden wir helfen, und eine Kopie der Suchkartei wird ausliegen –«, schwärmte sie. »Wer will, kann auch einfach nur Zeitungen lesen oder sich mit Leuten treffen – oder sich mal ordentlich ausheulen.«

Bis sie irgendwann einmal wieder als Lehrerin würde arbeiten können, wollte sie sich ganz dem Zentrum widmen. Es sollte mit einer großen Kundgebung und einem Treffen aller Hibakusha, die im Rhein-Main-Gebiet Unterkunft gefunden hatten, eröffnet werden. Almut sprühte vor Ideen für das Programm dieses Tages. »Wer dabei war, soll mit neuer Hoffnung heimfahren«, sagte sie, »und sich vor allem nicht mehr allein fühlen.«

Paps fand, daß sie genug Optimismus für alle habe. Aber Janna-Berta kannte sie auch anders: Gegenüber denen, die alles gelassener nahmen, wurde sie oft ungeduldig.

»Ihr macht mich verrückt mit eurer Ruhe!« schimpfte sie einmal mit Reinhard und seinem Vater. »Ich weiß nicht, wo ich anfangen soll, und ihr laßt euch auf einen Stuhl fallen und seht euch das Getriebe an, bevor ihr euch zu irgendwas bequemt!«

»Ich hab nicht vor, mein Uhrwerk zu überdrehen«, gab ihr Reinhard zur Antwort.

Das machte sie noch wütender. Im Zorn gingen sie fort, zum Zentrum. Aber am Abend kamen sie einträchtig und gutgelaunt heim.

»Pack schlägt sich, Pack verträgt sich«, sagte Paps.

Janna-Berta bewunderte Almut: wie sie trotz des Verlusts, den sie erlitten hatte, den Kopf zurückwarf und lachte, wie sie unermüdlich für andere unterwegs war, wie sie sich mit den Behörden stritt und Rechte für die Überlebenden ihres Umkreises erzwang, und mit welcher wilden Hoffnungslosigkeit sie sich manchmal auf die Couch warf und »Hat doch alles keinen Zweck! Ich geb's auf!« rief – um sich tags darauf mit der größten Selbstverständlichkeit weiterzumühen.

»Wolltest du nicht alles hinschmeißen?« fragte Janna-Berta beim ersten Mal erstaunt.

»Was geb ich auf mein dummes Geschwätz von gestern«, sagte Almut leichthin und lief zum Bus.

Anfangs hatte die Hausbesitzerin einige Male gegen Janna-Bertas Anwesenheit gewettert. Ihre Stimme hatte durch das Treppenhaus gehallt. Janna-Berta hatte ihr antworten wollen, aber Paps hatte ihr davon abgeraten.

»Pflück ihr einen Blumenstrauß«, hatte er gemeint. »Wenn sie etwas besänftigen kann, dann am ehesten so was. Man muß sie auch zu verstehen versuchen. Für sie sind *wir* die Katastrophe.«

Janna-Berta pflückte hinter den Wartturm-Kastanien einen Feldblumenstrauß, den Paps einmalig schön fand, und brachte ihn der Hausbesitzerin hinauf. Das Gesicht der alten Dame verfinsterte sich, als sie die Tür öffnete. Aber sie nahm den Strauß an. Mit einem unsicheren Blick auf Janna-Bertas Kopf bedankte sie sich knapp und schloß die Tür. Seitdem schimpfte sie jedenfalls nicht mehr durchs Treppenhaus herunter.

Ein paar Tage später kam Almut auffallend still nach Hause. Sie hatte eine ehemalige Kollegin in einem Frankfurter Krankenhaus besuchen wollen, aber sie war zu spät gekommen.

»Leukämie«, sagte sie, »viel zu spät entdeckt.«

Janna-Berta erfuhr, daß die Frau zwei kleine Mädchen von drei und fünf Jahren hinterließ. Sie hatte – wie Almut – in Bad Kissingen gewohnt und auch in Hammelburg unterrichtet und war nach dem Katastrophenalarm nach Bad Kissingen zurückgefahren, um ihre Kinder zu retten. Sie hatte ihren Wagen an der Absperrung stehengelassen und war zu Fuß durch die Stadt gelaufen – vergeblich: Die Kinder waren schon mit dem Kindergarten evakuiert worden. Viel zu spät, mit den Letzten, verließ die Frau die Stadt.

Nun hatte die Großmutter die Kinder bei sich. Aber sie konnte sie auf die Dauer nicht behalten. Sie war schon über siebzig und kränklich, und es waren sehr lebhafte Kinder.

»Und der Vater?« fragte Janna-Berta.

Die Frau hatte nie geheiratet und ihre Kinder allein erzogen.

»Kannst du dich an die beiden erinnern?« fragte Almut, an Reinhard gewandt. »Sie hatte sie auf dem Betriebsausflug mit. Süße kleine Racker.«

Reinhard nickte. »Die beiden, die immer abwechselnd geplärrt haben«, sagte er. »Sie waren nicht zu überhören.«

»Oberlehrer«, sagte Almut trocken.

Reinhard hob den Blick und sah sie an. »Mit anderen Worten, du möchtest die beiden –?«

Sie nickte und lachte. Er schaute zu Paps. Der nickte auch.

»Und was meint Janna-Berta?« fragte er.

»Natürlich!« rief sie.

Almut und Reinhard ließen alles stehen und liegen und gingen hinaus. Janna-Berta sah ihnen nach. Sie wanderten lange unter den Kastanien herum, immer im Kreis, und sprachen miteinander. Er hatte seinen Arm um ihre Schulter gelegt, sie ihren Arm um seine Hüfte.

»Da kommt dann wohl Leben in die Bude«, sagte Paps. »Und Arbeit, was?«

Janna-Berta nickte. Er lächelte, und sie lächelte zurück.

»Falls du es nicht weißt«, erklärte er ihr, »Kinder können einem schrecklich auf die Nerven fallen.«

»Meine Mutter hat immer gesagt, ich kann's mit Kindern«, sagte Janna-Berta.

»Na dann –«, sagte Paps heiter. »Jetzt brauchen wir nur noch eine größere Wohnung.«

Am Vormittag ihres Geburtstags war Janna-Berta allein zu Hause. Sie hatte eine Schürze von Almut um und kochte Reissuppe, als es an die Kellertür klopfte. Es war Helga. Sie trug ein Reisekostüm und hatte ein Köfferchen bei sich.

»Warum hast du mir nicht gesagt, daß du zu Almut willst?« fragte sie, als sie, sehr steif, auf Paps' Couch saß.

»Weil ich Angst hatte, du könntest mich überreden dazubleiben«, antwortete Janna-Berta. »Du hast immer gleich so vernünftige Argumente.«

Sie brühte Kaffee auf und balancierte eine volle Tasse aus der Kochecke auf den Couchtisch. Natürlich schwappte ein bißchen heraus. Helga hätte nie eine Tasse mit Fußbad angeboten. Janna-Berta kehrte trotzdem nicht um.

»Warum hast du nicht wenigstens eine Nachricht hinterlassen, wohin du gegangen bist?« fragte Helga.

»Ich dachte, für dich ist das klar, wohin ich gehe.«

Helga rührte in ihrer Tasse und lehnte sich zurück.

»Dein Kärtchen aus Wiesbaden hat nicht viel geklärt«, sagte sie. »Eigentlich gar nichts. Es hat nur meine Vermutung bestätigt, daß du hier bist. Ich habe mir Sorgen um dich gemacht.«

»Warst du nicht froh, mich los zu sein?« fragte Janna-Berta.

»Was sagst du da?« rief Helga. »Hätte ich dich dann zu mir geholt? Ich hab's mir, weiß Gott, nicht leicht mit dir gemacht.«

»Ich will allein dafür verantwortlich sein, was mit mir wird«, sagte Janna-Berta schroff.

»Mit deinen fünfzehn Jahren?« fragte Helga mit einem spöttischen Unterton. »Und in deinem – deinem Zustand?«

»Hier fragt niemand nach meinem Alter«, sagte Janna-Berta. »Und ich lebe unter Leuten, denen es genauso dreckig geht wie mir.«

»Ich möchte, daß du nach den Ferien wieder nach Hamburg kommst«, sagte Helga. »Dort habe ich die Rente für dich beantragt, und für Hamburg hast du die Wohngenehmigung.«

»Die habe ich auch schon für hier«, sagte Janna-Berta. »Almut hat sie mir besorgt. Ich hab sie ganz schnell bekommen.«

Helga blieb eine Weile stumm. Dann sagte sie: »Du hast alle deine Schulsachen in Hamburg gelassen. Wie willst du die Lükken aufholen?«

»Ich komme nicht wieder nach Hamburg, und ich gehe auch nicht mehr zur Schule«, sagte Janna-Berta heftig.

Helga bemühte sich, Ruhe zu bewahren. »Wie stellst du dir eine Zukunft ohne Schulbildung vor?« fragte sie.

»Zukunft«, sagte Janna-Berta finster. »Weißt du, ob ich eine hab? Ich weiß es nicht. Aber das bißchen Leben, das mir vielleicht bleibt, will ich so leben, wie *ich* will. Als ob's für unsereinen nichts Wichtigeres gäbe als die Schule!«

»Und was ist das, was wichtiger ist als die Schule?« fragte Helga.

»Daß ich hier *lebe*«, sagte Janna-Berta. Als Helga nicht verstand, fügte sie hinzu: »Daß ich hier *lebendig* bin.«

Helga verstand noch immer nicht.

»Gut«, sagte sie, »die Schulpflicht hast du hinter dir. Aber wenn du dich ernstlich entschließt, die Schule nicht weiter zu besuchen, wird das Konsequenzen haben. Ohne Abitur hast du keine großartigen Aussichten.«

Janna-Berta antwortete nicht mehr. Sie spülte Geschirr.

»Es war nicht schön von dir«, sagte Helga nach einer Pause, »daß du mich zwei Wochen vor deinem Geburtstag hast sitzenlassen.«

»Tut mir leid«, sagte Janna-Berta und drehte sich um. »Entschuldige. Es war eine Flucht.«

»Ich habe allen, die wir eingeladen hatten, abschreiben müssen«, sagte Helga. »Ich habe ihnen erklärt, daß dir, nach all dem, was du durchgemacht hast, nicht nach feiern zumute ist.«

Sie nahm eine Handvoll Briefe aus ihrem Täschchen.

»Einige haben schon geantwortet«, sagte sie. »Sie verstehen dich.«

»Sind es Briefe an mich?« fragte Janna-Berta.

»Ja«, sagte Helga. Sie zögerte, dann fügte sie hinzu: »Ich habe sie gelesen, ja. Schließlich waren sie Antworten auf *meinen* Brief.«

Janna-Berta beugte sich über einen Topf und schrubbte ihn.

»Werdet ihr heute Geburtstag feiern?« fragte Helga.

Janna-Berta drehte sich um. Ihre Blicke begegneten sich.

»Die anderen wissen gar nicht, daß ich heute Geburtstag hab«, sagte sie. »Und wahrscheinlich hätte ich's selber verschwitzt, wenn du mich nicht daran erinnert hättest.«

Helga schüttelte den Kopf. Sie klappte ihr Köfferchen auf und nahm einen Stapel Wäsche heraus.

»Das hast du auch in Hamburg gelassen«, sagte sie. »Und deine Kleider. Ich sehe, du trägst wieder sehr bunt. Und da ist die Perücke. Vielleicht willst du sie eines Tages doch benützen.«

Sie reichte Janna-Berta ein Kuvert aus Büttenpapier über den Tisch. »Dein Geburtstagsgeschenk«, sagte sie. »Kauf dir selber davon, was du brauchst oder was du dir wünschst.«

Janna-Berta dankte und bot Helga ihre Luftmatratze für die Nacht an. Aber Helga lehnte ab. Sie habe schon ein Hotelzimmer in der Stadt. Bevor sie ging, sagte sie noch: »Oma Berta und Opa Hans-Georg werde ich vorerst nur schreiben, daß du deine Sommerferien bei Almut in Wiesbaden verbringst.«

Janna-Berta antwortete mit einem Achselzucken.

»Ich gratuliere dir zum Geburtstag«, sagte Helga, als sie vor die Kellertür traten, »und wünsche dir ein Leben, wie du es dir wünschst. Solltest du eines Tages nach Hamburg zurückkommen wollen, dann tu's. Ich warte. Ich hoffe, daß du's tust. Denn außer meinen Eltern bist du die nächste Verwandte, die mir geblieben ist. Weißt du, was das heißt? Ich wollte dich als meine Tochter betrachten. Wir tragen den gleichen Familiennamen. Und – glaub mir – ich hätte dir viele Tore öffnen können!«

Sie drehte sich um und ging fort. »Grüß Almut und Reinhard von mir!« rief sie, schon auf halbem Weg zur Kastanienallee. »Sag ihnen, ich wünsche ihnen alles Gute.«

Janna-Berta kehrte ins Haus zurück. Sie sah ihr durchs Fenster nach, während sie Kleider, Wäsche und Perücke in ein Regal stopfte. Unter den großen Kastanien blieb Helga noch einmal stehen und schneuzte sich.

Abends breitete Almut wieder ihre Arbeit aus: Briefe waren zu schreiben, Plakate zu entwerfen, Hinweisschilder zu malen. Drei Hibakusha aus Mainz, zwei junge Männer und ein Mädchen, halfen mit. Sie setzten sich an den Tisch, Janna-Berta und Almut pinselten auf dem Fußboden. Fast beiläufig erzählte Janna-Berta von Helgas Besuch. Sie zog das zerknitterte Kuvert aus der Hosentasche und öffnete es. Drei Hundertmarkscheine lagen darin. Sie stopfte sie in die Spendenbüchse.

»Mein Geburtstagsgeschenk«, sagte sie.

»Du hast heute Geburtstag?« fragten die anderen überrascht.

Sie räumten Briefe, Pinsel, Farben und Plakate weg und ließen Janna-Berta hochleben. Paps, noch etwas wackelig auf den Beinen, machte in der Kochecke einen Salat aus Vor-Katastrophen-Kartoffeln.

»Was ganz Feines«, sagte er. »Teuer wie Kiwis und so gut wie nicht mehr erhältlich. Noch vor einem halben Jahr hätten wir die verschrumpelten Dinger weggeworfen. Ich hab sie für einen festlichen Anlaß eingekauft, und den haben wir jetzt.«

Almut kramte eine Flasche Wein aus dem Kleiderschrank im Schlafzimmer, Reinhard fand eine Flasche Maracuyasaft im Kühlschrank und dichtete ein Geburtstagsgedicht:

Heut gibt es Wein und Kartoffelsalat,
weil Janna-Berta Geburtstag hat.
Sie gleicht den Kirschenblüten –
ein Engel soll sie behüten!

Janna-Berta schossen Tränen in die Augen, während sie lachte.

»Du darst nicht daran denken, wie es früher war«, flüsterte ihr Almut zu. »Denk lieber nach vorn.«

»Nach vorn?« Janna-Berta schluchzte.

Almut umarmte sie. »Alles Gute zum Geburtstag!«

Sie ließ sie wieder los und starrte plötzlich wie gebannt auf Janna-Bertas kahlen Kopf, faßte ihn mit beiden Händen, zog ihn zu sich heran, strich sanft über ihn und rief: »Deine Haare wachsen wieder, Mädchen! Du hast schon Flaum!«

Janna-Berta lief zum winzigen Toilettenspiegel.

»Es ist wahr!« jubelte sie. »Sie kommen! Ich werde wieder Haare haben!«

Sie tanzte im Zimmer herum, außer sich vor Freude. Die anderen tanzten mit, auch der eine der Mainzer Gäste, der selber einen Kahlkopf hatte. Sie waren so laut, daß die Hausbesitzerin doch wieder durchs Treppenhaus herunterschimpfte.

13

Es war ein hektischer Sommer. Reinhard hatte eine größere Wohnung aufgetrieben, ein ziemlich vergammeltes Wochenendhaus zwischen den Weinbergen von Wiesbaden-Frauenstein. Die Flüchtlinge, die bisher darin einquartiert gewesen waren, hatten sich aus Angst vor dem Winter eine andere Unterkunft gesucht. Denn das Haus hatte keinen Ofen und keine Heizung, nur einen offenen Kamin.

»Wir lassen einfach alle Zimmertüren offen«, sagte Reinhard.

Paps machte ein skeptisches Gesicht.

»Wie sich die Zeiten ändern«, meinte er. »Früher hätten die Behörden nie und nimmer erlaubt, daß so etwas dauernd bewohnt wird.«

»Ach Paps«, rief Almut, »du hast ja recht. Im Januar werden wir dort Eiszapfen an der Nase haben. Aber die Sommer! Was für Sommer für die Kinder!«

»Ihr werdet euch noch wundern!« sagte Paps düster.

Hals über Kopf zogen sie um. Sie hatten nicht viel mitzunehmen. Freunde halfen, Evakuierte wie Einheimische. Bettwäsche fand sich ein, Kinderkleidung, zwei Kinderbettgestelle, eine richtige große Matratze und eine Daunendecke für Janna-Berta, die sich auf dem Dachboden einrichtete. Kehrichtschaufeln voll Staub und Mäusedreck kippte sie aus der Dachluke. Zum ersten Mal trällerte sie wieder.

Zwei Schlafzimmer, Wohndiele, Küche, Bad. Noch immer klein für sechs Personen, wenn man die Maßstäbe anlegte, die vor dem Unglück gegolten hatten. Aber Almut wischte solche Gedanken weg: Die Zeiten hatten sich geändert, man mußte sich arrangieren, das Beste daraus machen, und nun waren sie erst mal glücklich. Sie konnten es kaum erwarten, die beiden Kinder zu holen. Und die Großmutter, die sie vorerst noch versorgte, drängte.

»Die Arbeit wächst ihr über den Kopf«, berichtete Almut, als sie von einem Besuch der Kinder zurückkehrte, zwei Tage, bevor sie sie abholen wollte. »Trotzdem hab ich ein ungutes Gefühl. Die Frau hängt an den Kleinen. Sie bricht in Tränen aus, wenn sie mich nur sieht. Wenn ich daran denke, daß sie übermorgen mutterseelenallein in ihrem Zimmerchen sitzt –«

»Hör zu«, sagte Reinhard, »ich ahne, worauf du hinauswillst. Aber ist dir klar, daß wir uns damit wieder dem Sardinenleben nähern würden, dem wir gerade entkommen sind?«

»Ich hab ja nur überlegt«, seufzte Almut. »Aber wenn ich mir vorstelle, ich würde in ihrer Haut stecken –«

»Wir können sie mit den Kindern besuchen«, meinte Reinhard, »und sie kann zu uns kommen. Sooft sie will.«

»Sie könnte mit den Mädchen im Kinderzimmer schlafen«, sagte Janna-Berta.

Weder Almut noch Reinhard antworteten. Sie rührten nicht mehr an das Thema, bis sie am übernächsten Tag aufbrachen, um die Kinder abzuholen. Paps und Janna-Berta warteten ihre Ankunft daheim ab. Janna-Berta putzte noch schnell die Fenster des Kinderzimmers, Paps kochte süßen Reis mit Rosinen. Er verschüttete das Milchpulver, und es gab noch im letzten Augenblick zu kehren und zu putzen.

»Wie leicht jetzt Waisenkinder zu haben sind«, sagte Paps kopfschüttelnd. »Früher mußte man sich Jahre vorher beim Jugendamt anmelden, und dann war es immer noch nicht sicher, ob man für fähig befunden wurde, ein Kind großzuziehen.«

Aber Janna-Berta hörte ihm nicht richtig zu. Sie dachte an die Großmutter der Kinder.

Dann wurde es draußen laut. Sie kamen. Janna-Berta stürzte hinaus. Sie kamen zu fünft.

»Willkommen!« rief Paps.

»Nur für die ersten Tage«, sagte die alte Dame verlegen. »Damit sich die Kinder besser eingewöhnen.«

»Dann werden wir weitersehn«, meinte Reinhard. »Vielleicht gefällt's Ihnen ja bei uns.«

Janna-Berta hatte sie sich klein und zierlich vorgestellt, aber sie war so groß wie Paps und ein bißchen mollig. Ihr Haar war fast weiß. Sie trug eine dicke Kurzsichtigenbrille. Ihr Gesicht wirkte alt und müde, und sie ging etwas vorgebeugt. Man glaubte ihr sofort, daß sie's mit den Kindern nicht mehr schaffte. Sie zog mit ins Kinderzimmer, und Janna-Berta borgte ihr ihre Matratze, bis Almut eine andere aufgetrieben hatte.

»Sie hat genauso wunderschöne braune Augen wie ihre Tochter«, sagte Almut zu Janna-Berta, als sie dann allein waren.

Während der nächsten Tage blieb die Frage, ob die alte Dame nur für den Übergang oder für immer bleiben wollte, vorerst offen. Niemand rührte daran, und sie selbst sprach auch nicht davon. Aber die ganze Familie nannte sie »Großmutter«, so, wie sie von den Kindern gerufen wurde.

»Meine Tochter wollte keine ›Oma‹ aus mir machen«, erklärte sie.

Almut blieb erst einmal zu Hause und kümmerte sich um die Kinder. Es war nicht einfach mit ihnen. Irmela, die Ältere, weinte viel und hing den ganzen Tag an ihrer Großmutter. Sie war allergisch gegen dies und das und brauchte strikte Diät, und wenn sie nachts unruhig wurde und Almut zu ihr hineinging, fing sie an zu schreien. Die Kleinere dagegen, ein rundes, kräftiges Ding, brauchte ständige Aufsicht, weil sie alles, was sie erreichen konnte, aus den Regalen räumte und wie am Spieß brüllte, wenn sie ihren Willen nicht bekam.

Als Reinhard und Janna-Berta an einem der nächsten Tage aus der Stadt heimkamen, fanden sie Almut in Tränen aufgelöst bäuchlings auf der Couch liegen, während Paps die Kleine in Schach hielt und die Großmutter Irmela auf dem Schoß wiegte.

»Ich schaff's nicht«, schluchzte Almut. »Ich schaff's ganz einfach nicht.«

Auch der Großmutter liefen die Tränen über die Wangen.

»Was schaffst du nicht?« fragte Reinhard und legte seinen Arm um sie.

»Diese Kinder!« rief Almut. »In meinem Leben hab ich nicht so schwierige Kinder gesehen. Ich werd mit ihnen nicht fertig. Verstehst du, ich werd mit ihnen nicht fertig! Sie wollen nicht essen, nicht schlafen, nicht mal spielen wollen sie.«

»Wenn unser Kind dein Temperament geerbt hätte«, unterbrach sie Reinhard, »wär's wahrscheinlich auch schwierig geworden.«

»Aber es wäre –«

»Was?«

»Nichts. Du hast ja recht.«

Sie erhob sich von der Couch und suchte nach einem Taschentuch. Reinhard gab ihr seines. Sie schneuzte sich und sagte: »*Du* machst ihnen das Abendessen, ja?«

Als die Kinder schliefen, setzten sich Almut, Reinhard und

Janna-Berta auf die Stufen vor dem Haus und schauten auf die Dächer von Frauenstein hinunter. Es roch nach Heu und Kräutern, und der Duft der Rosen wehte von der Rabatte herüber. Almut lehnte sich gedankenverloren an Reinhard. Wie klein sie war gegen ihn. Er war wie ein Findling, wie ein mächtiger Stein, und Janna-Berta wunderte sich, daß ihn Almuts Schatten fast ganz verdunkelte. Nur sein Schnauzbart und seine buschigen Brauen schimmerten rot in der Abendsonne.

»Tut mir leid wegen vorhin«, sagte Almut. »Ich bin ein bißchen ausgerastet.«

»Werdet ihr die Kinder wieder abgeben?« fragte Janna-Berta.

Almut setzte sich gerade und warf den Kopf zurück.

»Aber nein«, sagte sie. »Vergiß mein Geheule von vorhin. Ich hab nur endgültig Abschied genommen von ein paar Träumen.«

»Bist du sicher, es war endgültig?« fragte Reinhard.

Almut sah ihn groß an und hob die Schultern. Dann lief sie ins Haus.

»Setzt euch doch mit zu uns!« hörte Janna-Berta sie rufen.

Paps kam heraus und setzte sich neben Janna-Berta. Erst eine Weile später erschienen auch Almut und die Großmutter. Almut trug einen Stuhl für sie und schob ihn ihr unter.

»Wir haben noch was beschließen müssen«, sagte sie. »Wir haben beschlossen, daß Großmutter weiter bei uns wohnen bleibt –«

»– wenn niemand was dagegen hat«, sagte die Großmutter.

»Niemand!« rief Janna-Berta.

Die Einweihung des Zentrums rückte näher, Termine drängten, Demonstrationen standen an. Scharenweise zogen deutsche Demonstranten über die französische Grenze, um sich am Widerstand der französischen Bevölkerung gegen die Atommeiler zu beteiligen. Während Paps und die Großmutter die Kinder hüteten, fuhren Almut, Reinhard und Janna-Berta mit einer Gruppe von Freunden nach Cattenom. Sie mußten über Feldwege wandern, denn die Franzosen hatten den Grenzübergang geschlossen. Auch andere Gruppen tauchten zwischen den Feldern auf und schlossen sich ihnen an. Unter ihnen entdeckte Janna-Berta plötzlich die Hofmanns und die Jordans aus Schlitz. Herr Jordan war mager geworden, Frau Jordan hatte Hosen an und einen Parka, und Janna-Berta fand, daß sie ungemein komisch darin aussah.

»Janna-Berta!« rief Tina Hofmann, lief auf sie zu und umarmte sie. Tina hatte noch ihren Lockenschopf, obwohl sie Schlitz erst Stunden nach ihr verlassen haben mußte. Die Hofmanns waren wohl nicht in den Gewitterregen geraten.

»Du Arme«, sagte Tina.

Janna-Berta schluckte.

»Sie wachsen ja wieder«, sagte sie fast feindselig. »Siehst du den Flaum?«

»Tina meint den Tod deiner Eltern und deiner kleinen Brüder«, sagte Frau Hofmann.

Janna-Berta mußte erzählen, wo sie jetzt wohnte und wie es ihr ergangen war.

»Du hast dich verändert«, sagte Frau Jordan. »Als wir dich das letzte Mal gesehen haben, warst du noch ein Kind.«

»Wir haben uns ja auch verändert«, sagte Herr Jordan.

»Und deine Großeltern?« fragte Frau Hofmann.

Janna-Berta erzählte, daß sie noch immer auf Mallorca seien. Nein, sie wüßten noch nichts von Vatis und Muttis Tod und dem Tod der Brüder.

»O mein Gott«, sagte Frau Jordan. »Was steht ihnen da noch bevor! Wenn demnächst die Sperrzone DREI freigegeben wird, werden sie ja bald heimkommen.«

Herr Hofmann trieb die Gruppe an. Der Abstand durfte nicht zu groß werden. Tina blieb neben Janna-Berta. Sie liefen durch Nebel. Dann fing es an zu nieseln. Janna-Berta erfuhr, daß man für den ersten Oktober mit der Freigabe rechnete.

»Jordans wollen gleich heim«, erzählte Tina. »Am ersten Tag. Wegen ihrem Garten. Frau Jordan würde lieber noch abwarten, aber er ist nicht zu halten. Auch die Bauern aus dem Schlitzerland wollen sofort nach Hause. Sie müssen ja noch die Ernte unterpflügen, bevor der Winter kommt.«

Andere, so erfuhr Janna-Berta, wollten gar nicht mehr heim. Eggelings zum Beispiel. Sie fürchteten ein zu großes Risiko für die Gesundheit. Das Gift säße ja noch wer weiß wie lange im Boden, und alles, was man äße oder auch nur berühre, sei verseucht. Eggelings lebten jetzt an der holländischen Grenze bei Verwandten, dort wollten sie auch bleiben. Sie waren Rentner. Sie konnten leben, wo sie wollten.

»Und ihr?« fragte Janna-Berta.

»Wir wandern aus«, sagte Tina. »Nach Kolumbien. Wir warten nur noch, bis wir das Geld zusammenhaben. Europäer müssen neuerdings eine Kaution hinterlegen, wenn sie für immer ins Land wollen. Und die Überfahrt kostet auch eine Menge. Aber sie nehmen einen auch auf, wenn man verseucht ist.«

Kolumbien? Früher hatte sie sich immer brennend gewünscht, einmal Südamerika zu durchreisen. Jetzt dachte sie an das Haus am Hang. Sie sah es in der Sonne leuchten. Unten lag die kleine Stadt. Die Konturen der beiden Burgen und des dicken Hinterturms zeichneten sich vor dem Himmel ab, dazwischen der schlanke Turm der evangelischen Kirche.

Schlitz war der schönste Ort der Welt.

Als sie die anderen Gruppen erreichten, war das Getümmel bereits in vollem Gang. Die französische Polizei hatte die Demonstranten am Ortsrand erwartet und zurückgedrängt. Janna-Berta löste sich von Tina, um Almut und Reinhard zu suchen.

»Wenn du mal nach Kolumbien willst«, sagte Tina, »dann schreib uns!«

»Ich will nach Schlitz«, antwortete Janna-Berta.

»Schau bei uns rein!« rief ihr Frau Jordan zu und winkte.

Janna-Berta drängte sich durch die Menge, bis sie auf Almut stieß. Sie erfuhr, daß Reinhard festgenommen worden war. Erst gegen Abend kam er wieder frei. Er hatte eine Platzwunde auf der Stirn, notdürftig mit einem Heftpflaster überklebt. In seinen Brauen und seinem Schnurrbart klebte getrocknetes Blut. Der linke Hemdsärmel war an der Schulter fast ganz herausgerissen. Almut umarmte Reinhard stürmisch.

»Ich hab noch Glück gehabt, trotz allem«, meinte er, als sie heimfuhren.

Vier Demonstranten waren umgekommen, drei Franzosen und ein Deutscher. Über dreißig waren schwer verletzt worden, darunter auch einige Polizisten. Man erzählte sich, daß es unter den Polizisten harte Auseinandersetzungen gegeben habe: Viele hätten sich geweigert, gegen die Demonstranten anzugehen, manche hätten sich mit ihnen solidarisiert.

Der Bus hatte ein Panne. Erst um Mitternacht kamen sie heim, todmüde und ausgehungert. Während die Großmutter von den Kindern erzählte, schlich sich Reinhard hinter ihrem Rücken ins Badezimmer, um sie nicht zu erschrecken.

Drei Tage später wurde das Datum offiziell bekanntgegeben, an dem die Sperrzone DREI aufgehoben werden sollte: der erste Oktober. Mit knapper Mehrheit war dieser Beschluß im Bundestag gefaßt worden. Der neue Umweltminister hatte die Verseuchung des Gebiets für abgeklungen und dessen Betreten für unbedenklich erklärt. Allerdings, so wurde betont, geschehe die Rückkehr auf eigene Gefahr.

Janna-Berta saß vor dem Fernseher, als diese Nachricht durchkam. Der ganze Clan saß davor, auch die Kinder. Eine Familie aus Frauenstein hatte den alten Kasten heraufgebracht, als Spende für das Zentrum. Aber Almut wollte ihn erst am Tag vor der Einweihung dort aufstellen.

»Sonst hören alle auf zu streichen und zu tapezieren«, sagte sie. »Ich kenn doch die Leute – und mich selber.«

Der Apparat wäre vor Grafenrheinfeld eine Zumutung gewesen. Das Bild war ganz verzogen. In seiner oberen Hälfte wurde alles Runde eierig. Die verzerrten Köpfe der Politiker lösten Gelächter aus.

»Wenn sie doch in Wirklichkeit so hohe Stirnen hätten!« rief Paps. »Wieviel größer wären dann ihre Gehirne!«

»Dann hätten sie die Sperrzone noch nicht aufgehoben«, sagte Almut zornig. »Das ist doch noch alles verseucht! Ein Wahnsinn, die Leute da hineinzuschicken. Und sie schämen sich nicht einmal, ihnen das Risiko zuzuschieben – und die Schuld, wenn's dann schiefgeht!«

»Da muß eine starke Lobby zugange gewesen sein«, meinte Reinhard.

»Geschäftsinteressen«, ließ sich Paps aus dem Hintergrund hören. »Und die Angst um den Besitz.«

»Und das Heimweh«, sagte die Großmutter.

Janna-Berta sah sie erstaunt an.

»Ich stamme aus Ostpreußen«, sagte sie. »Ich weiß, wovon ich rede.«

Der September war eine Kette strahlender Sonnentage. Reinhard brachte Nesselballen heim und rollte sie im Garten aus. Für die Kundgebung mußten noch Transparente gemalt werden. Helfer fanden sich ein, malten tagelang mit, wurden zu Freunden. Manche blieben über Nacht. Ein riesiges Spruchband, das über der Rednertribüne hängen sollte, wurde langsam fertig.

ES LEBE DAS LEBEN!

stand darauf. Daneben lagen andere Transparente im Gras, und die Frauensteiner Kinder standen am Zaun und gafften. Sie begriffen nicht den Sinn von Sätzen wie BETRÜGT DEN TOD! oder LASST EUCH NICHT ABSPEISEN! Sie rätselten an der Frage herum: WOLLT IHR WIEDER BEHAUPTEN, IHR HÄTTET VON NICHTS GEWUSST? Über HIBAKUSHA ALLER LÄNDER, VEREINIGT EUCH! kicherten sie. Nur zu einem Spruch nickten sie: ZUM TEUFEL MIT DEN POLITIKERN! Das hatten sie wohl auch schon zu Hause gehört.

Ruth und Irmela hopsten zwischen den Malern herum, wälzten sich im Gras und kletterten in die Wanne, die, mit Wasser gefüllt, in der Sonne stand. Wenn Janna-Berta erschien, liefen sie ihr entgegen und wollten schmusen und getragen werden. Reinhard hatte ihnen eine Schaukel gebastelt. Vom Schaukeln konnten sie nicht genug bekommen. Die Großmutter saß stundenlang daneben und schubste sie an, bis die Kleinen, rundherum zufrieden, einzunicken begannen. Dabei strickte sie.

»Wenn man das so sieht«, meinte Reinhard, »könnte man meinen, die Welt sei wieder heil.«

»Dann müßte sich hier noch ein drittes Kind tummeln«, sagte Almut traurig.

»Und ein viertes, und ein fünftes«, sagte Janna-Berta.

»Der ganze Hang, das ganze Tal voller Kinder«, sagte Paps. »Und Erwachsene bis hin zum Horizont.«

»Die Zukunft nicht zu vergessen«, sagte die Großmutter und rückte sich die Brille zurecht. »Die Zukunft müßte sich darüber ausbreiten, tiefblau und endlos, mit weißen Federwolken darin.«

Ihre Nadeln klapperten.

»Was wird das?« fragte Janna-Berta und strich über das zarte, weiße Wollmuster.

»Eine Überraschung«, antwortete die Großmutter und blinzelte sie durch die dicke Brille an. »Für dich.«

In dieser Nacht träumte Janna-Berta von ihren Eltern. Die saßen, heimgekehrt nach langer Abwesenheit, mit ihr zusammen auf den Stufen des Wochenendhauses und beobachteten den Sonnenuntergangshimmel, und Janna-Berta versuchte vergeblich, sich daran zu erinnern, wo sie so lange gewesen waren.

14

Am ersten Oktober, einem Donnerstag, drängten sich im zukünftigen Hibakusha-Zentrum die Helfer, die mit den letzten Vorbereitungen für die Einweihung beschäftigt waren, vor dem Fernseher, der in der Eingangshalle stand. Das Programm war voll von Berichten über die Heimkehrer. Man sah rührende Bilder aus Fulda, aus Schlüchtern, aus kleinen Rhön-Ortschaften, aus Coburg und Bamberg. Hausbesitzer sperrten ihre Haustüren auf, Frauen warfen prüfende Blicke in ihre Küchen, kleine Mädchen liefen mit Freudenschreien auf ihre Puppenecke zu. Zwischendurch wurde auch ein verwilderter Garten gezeigt, sogar ein Kaninchenstall mit den Überresten verendeter Tiere. Aber gleich darauf folgte die friedliche und unversehrte Silhouette eines Dorfes am Main.

Janna-Berta stand auf den Zehenspitzen und versuchte, ab und zu einen Blick auf die Bilder zu erhaschen. Ob sie auch Schlitz zeigen würden? Eine alte Frau aus dem Sinntal erschien auf dem Bildschirm. Sie wurde gefilmt, wie sie auf ihr Fachwerkhäuschen zulief. Mit zitternden Händen öffnete sie das Gartentor. In Großaufnahme sah man ihr Gesicht. Tränen liefen ihr über die Wangen. Ein Reporter fragte sie, wie ihr zumute sei. »Jetzt wird alles wieder gut«, schluchzte sie.

Da lachte Janna-Berta so laut und schrill, daß sich die Leute verwundert nach ihr umdrehten.

Noch auf der Heimfahrt im Bus dachte Janna-Berta an Schlitz. Vor ihr saßen zwei Männer. Sie unterhielten sich über ihre Kinder. Sie schienen Arbeitskollegen zu sein. Von der Konfirmationsfeier einer Tochter war die Rede und vom Abitur eines Sohnes. Janna-Berta interessierte sich nicht für ihr Geplauder. Aber es war so laut und so nahe, daß sie es mithören mußte.

Noch ein anderer Sohn war im Gespräch, ein Student der Germanistik. Er machte seinen Eltern offenbar Kummer.

»Er ist mit einem Mädchen aus Fulda befreundet«, berichtete der Mann. »Ausgerechnet. Die hat doch garantiert was abgekriegt!«

»Sieht man ihr was an?« fragte der andere.

»Das nicht«, hörte Janna-Berta den ersten antworten. »Sie ist auch nicht krank. Aber ob die irgendwelche Erbschäden haben, weiß kein Mensch. Das stellt sich erst raus, wenn's zu spät ist. Ich versuch das dem Jungen klarzumachen. Aber er ist stur, da machst du dir keine Vorstellung.«

»Wo die Liebe hinfällt . . .«, sagte der andere. »Aber du hast recht. Meiner hat mit Mädchen ja noch nichts am Hut.«

Als Janna-Berta heimkam, lief ihr Ruth entgegen und klammerte sich an sie. »Laß das«, sagte Janna-Berta und löste Ruths

Hände von ihrem Bein. Ruth kicherte und klammerte sich an das andere. Janna-Berta riß das Kind so heftig los, daß es hinfiel und zu plärren begann.

»Was war denn *das*?« fragte Paps und sah Janna-Berta erschrocken an.

Da lief sie die Treppe zum Dachboden hinauf und warf sich auf ihre Matratze.

Am nächsten Tag, dem Tag vor der Einweihung, waren sie alle im Zentrum, auch die Kinder und die Großmutter. Es gab noch so vieles zu tun! Janna-Berta half beim Stühleschleppen. Vor der Rednertribüne sollten mehrere Stuhlreihen stehen, für die Kranken und ihre Begleiter. Im Hintergrund waren lange Tische mit Bänken geplant. Dort sollten sich die Bewohner der einzelnen Orte oder Kreise treffen können. Es hatten sich auf einen Appell in der Zeitung hin so viele Helfer eingefunden, daß sie sich fast im Weg waren.

Janna-Berta stand plötzlich vor Meike, ihrer Freundin aus Fulda. Meike fiel ihr um den Hals, aber ihr Vater stand auf dem Parkplatz und winkte.

»Ich muß gehen«, sagte sie hastig, »er ist jetzt immer so unleidlich, wenn nicht alles gleich klappt, wie er sich's gedacht hat.«

»Elmar ist tot«, sagte Janna-Berta.

»Elmar?« rief Meike bestürzt. »Weißt du, daß auch Ingrid –? Nein? Morgen komm ich wieder, dann erzähl ich dir alles!«

Janna-Berta ließ den Stuhl stehen, den sie gerade zur Tribüne hatte tragen wollen, und ging auf das Gebäude zu, das die Stadt als Hibakusha-Zentrum zur Verfügung gestellt hatte. Sie brauchte jetzt einen leeren Raum, in dem sie in Ruhe nachdenken konnte.

»Janna-Berta! Janna-Berta!« hörte sie Irmelas piepsige Stimme aus der Ferne rufen. Aber sie drehte sich nicht um.

»Der Bürgermeister wird als Schirmherr der Veranstaltung sprechen!« hörte sie Almuts Stimme aus einem der offenen Fenster hallen.

Als sie sich dem Eingang näherte, der gerade mit Girlanden geschmückt wurde, hörte sie ihren Namen rufen. Sie stellte sich taub. Sie wollte jetzt in Ruhe gelassen werden. Ingrid war tot! Sie sah ihr lachendes Gesicht vor sich. Und dann fiel ihr das Pausenbrot ein, das sie fast jeden Tag getauscht hatten. Auf Ingrids Brot hatte immer eine dicke Scheibe Räucherfleisch oder Leberkäs gelegen. So was gab's daheim bei Janna-Berta nie. Sie hatte Käse zu bieten – feine Käsesorten. Einmal war sie auch bei Ingrid in der Rhön gewesen, auf dem kleinen Bauernhof.

»Janna-Berta!« rief die Männerstimme noch einmal.

Es half nichts, sie mußte sich umdrehen. Es war Lars, Lars aus Schlitz, in dessen Wagen sie am Unglückstag heimgekommen war.

Er übersah ihren Kahlkopf. Lange schüttelte er ihre Hand. »Komm mit«, sagte er. »Meine Eltern sitzen dort am Tisch. Miltners sind auch da. Ihn kennst du – der Tischtennistrainer.«

»Ich hab keine Zeit«, sagte sie zögernd. »Ich helfe hier meiner Tante.«

»Interessiert dich nicht, was ich von Schlitz zu erzählen habe?« fragte er. »Ich war gestern dort.«

Sie sah ihn groß an. Dann ging sie mit. Lars' Mutter lächelte verlegen, als sie Janna-Bertas kahlen Kopf sah, und konnte den Blick nicht von ihm wenden.

»Ich hab eine Perücke«, sagte Janna-Berta, »aber ich setze sie nicht auf.«

Lars' Mutter starrte sie verständnislos an, dann schüttelte sie den Kopf. »Ich hätte nicht den Mut, so herumzulaufen«, sagte sie zu Frau Miltner, die Janna-Bertas Hand nahm und »Herzliches Beileid« murmelte.

»Mama!« rief Lars.

Er drückte Janna-Berta auf die Bank und begann hastig zu erzählen. Daß sie jetzt in Mainz lebten. Daß der Zahnarzt mit seiner Familie in Venezuela bei Verwandten und Soltaus in ihrer Ferienwohnung in Marbella seien. Und Trettners in Kanada.

»Die Trettners hatten das meiste Glück«, sagte Lars' Mutter vorwurfsvoll. »Weiß der Himmel, was für Beziehungen die hatten. Wir haben dreimal in der kanadischen Botschaft vorgesprochen. Berge von Formularen haben wir ausgefüllt. Alles umsonst. Verseuchte lassen die nicht rein. Dabei sind wir gar nicht verseucht. Aber wie soll man das denen beweisen?«

»Und wie sieht's in Schlitz aus?« fragte Janna-Berta.

»Jetzt gehen wir nach Südafrika«, sagte Lars' Mutter. »Die sind noch menschlich. Die lassen jeden Deutschen rein, verseucht oder nicht. Miltners gehen auch mit. In drei Wochen ist es soweit.«

»Und wie sieht's in Schlitz aus?« fragte Janna-Berta noch einmal.

»Jordans sind vorgestern schon hin«, antwortete Lars' Mutter. »Und die Heimbachs sind heute morgen abgefahren. Manche wollen erst noch das Treffen hier abwarten, bevor sie zurückgehen. Aber so, wie's mal war, wird's wohl nie wieder. Viele werden dort nicht mehr wohnen wollen.«

Sie redete und redete und ließ sich nicht mehr unterbrechen: Aus der ganzen Bundesrepublik werde in Scharen ausgewandert. Nicht nur die Evakuierten flüchteten. Die ausländischen Konsulate würden regelrecht bestürmt. Sie könne ein Lied davon singen! Erst hätten sie in die Staaten gewollt. Nichts zu machen. Dann nach Kanada. Auch nichts. Auf dem türkischen Konsulat hätte man sie ausgelacht.

Sie kam immer mehr in Fahrt: »Die meisten wollen nach Südamerika. Dort kommt man nur rein, wenn man Geld hat. Je mehr Geld man hat, um so mehr Türen stehen einem offen. Unser Hausarzt ist nach Kenia gegangen. Als Arzt hat der natürlich mehr Chancen als unsereiner. Auch die Nepalesen sollen großzügig sein. Aber wer will schon ans Ende der Welt? Gott sei Dank hat uns jemand den Tip Südafrika gegeben. Ich wundere mich, warum nicht mehr Deutsche dort hingehen. Ein ideales Klima! Und man ist dort auch ohne Vermögen willkommen.«

»Schlitz«, sagte Janna-Berta. »Wie ist es in Schlitz?«

»Leer«, sagte Lars' Vater. »Was sollen wir dort noch mit unserem Geschäft, wenn keine Kundschaft mehr da ist? Und auf eine Entschädigung können wir lange warten.«

Janna-Berta saß still und antwortete nicht.

Aber Lars sprang auf.

»Seid ihr noch bei Trost!« schrie er. »Wen interessiert denn jetzt noch euer Scheißladen? Wen, außer euch? Und wer entschädigt *sie*?« Er zeigte auf Janna-Berta. »Habt ihr euch *das* da mal überlegt? Was meint ihr: Was sind Eltern wert? Und Geschwister? Was beklagt ihr euch überhaupt? Wer war denn immer für die Kernenergie? ›Damit hier nicht die Lichter ausgehen.‹ Erinnert ihr euch? Nein?«

Die Eltern starrten ihn sprachlos an. Er faßte Janna-Berta am Arm und zog sie fort.

»Fahrt nach Südafrika, da gehört ihr hin!« rief er über die Schulter zurück. »Von einem Wahnsinn in den anderen!«

Sie blieben unter einer Baumreihe stehen.

»Das war's dann wohl«, sagte er. »Mir war schon lange danach. Danke fürs Stichwort!«

»Erzähl mir von Schlitz«, sagte Janna-Berta.

Schatten spielten auf seinem Gesicht. Er hob und senkte die Schultern.

»Gespenstisch«, sagte er. »Von weitem sieht alles aus wie heile Welt: der Stadtberg, die Fachwerkgiebel, die Türme. Aber wenn du durchgehst, hallen die Schritte, und vor den Haustüren liegt dürres Laub. Die meisten Rolläden sind geschlossen. Und in den Gärten wuchert das Unkraut, auch zwischen den Pflastersteinen auf dem Marktplatz, und hier und dort sieht man Mäuse huschen.«

Janna-Berta wollte nach ihrem Haus fragen. Aber es lag ja auf dem Hang über der Stadt, fern von der Durchgangsstraße. Dort konnte er nicht vorbeigekommen sein. Und wenn auch – was konnte man einem Haus von außen schon ansehen?

»Meine Eltern«, sagte Lars, »wollten nur wissen, ob im Haus oder im Geschäft geplündert worden war. Aber es hat nichts gefehlt. Als sie feststellten, daß die Stromversorgung schon wieder funktionierte, konnten sie die deutsche Ordnung nicht genug loben.«

Er dachte nach.

»Das Unheimlichste dort«, sagte er, »ist das Laub. Es ist schon ganz gelb, wie sonst so Ende Oktober, und manche Bäume sind schon kahl.«

Janna-Berta sah nach oben in die Baumkronen.

»Fahr hin«, sagte er. »Eher kriegst du doch keine Ruhe.« Und er fügte hinzu: »Ich hätte nie geglaubt, daß ich an dem Kaff so hänge.«

»Danke«, sagte Janna-Berta.

Mit einem Kopfnicken nahmen sie voneinander Abschied. Janna-Berta sah noch, wie Lars zu seiner Familie hinüberging.

Sie selber kehrte auf die Wiese zurück. Sie fand die Großmutter auf den Stühlen vor der Rednertribüne und nahm ihr die Kleinen ab. Erleichtert widmete sich die Großmutter wieder ihrem Strickzeug, das sich auf ihrem Schoß flauschig bauschte. Ihre Nadeln klapperten. Sie kettelte ab.

Janna-Berta entdeckte Paps hinter der Tribüne. Er bastelte an Elektrokabeln herum. Sie sah ihm eine Weile zu, bis die Kinder zu quengeln begannen. Seine Nähe konnte sie ertragen. Manchmal hob er den Kopf und lächelte ihr zu. Dann lächelte sie zurück. Sie wechselten kein Wort.

Am Abend, als sie wieder zu Hause waren, eröffnete Janna-Berta den anderen, daß sie am nächsten Morgen nach Schlitz aufbrechen wollte.

Almut reagierte bestürzt.

»Dort hinein?« rief sie. »Ins verseuchte Gebiet? Warum denn so plötzlich? Laß doch noch ein paar Wochen oder Monate vergehn. Du versäumst ja nichts. Niemand erwartet dich dort.«

»Die Wohnung ist sowieso verstaubt«, sagte Reinhard, »und das viele Unkraut im Garten erledigt der Winter.«

Sie hatten recht. Und trotzdem: Sie konnte einfach nicht mehr warten.

»Morgen ist doch die Einweihung«, sagte Almut. »Möchtest du die versäumen, nachdem du so viel dafür getan hast?«

»Laßt sie gehen«, sagte Paps. »Wenn sie's hinzieht, könnt ihr sie nicht halten.«

»Aber du kommst doch wieder?« fragte die Großmutter mit ängstlichen Augen.

»Ich weiß es noch nicht«, sagte Janna-Berta. »Ich will euch nichts versprechen. Es ist alles noch offen.«

»Es sieht so aus«, meinte Paps, »als ob du genau das Richtige tust. Wir wünschen dir eine gute Reise – und nicht mehr Trauer, als du ertragen kannst.«

Almut übergab ihr eine Geldbörse mit einem Hundertmarkschein und ein bißchen Kleingeld.

»Du bist ja nicht aus der Welt«, sagte sie.

Janna-Berta bat sie, ihr die große Jutetasche zu borgen.

Noch am späten Abend ging sie hinaus, ohne daß es die anderen merkten, und tat den kleinen Klappspaten, den sie ein paar Tage zuvor im Geräteschuppen entdeckt hatte, in die Jutetasche.

Am nächsten Morgen brach sie sehr früh auf, aber doch nicht so früh, daß die Großmutter sie nicht gehört hätte. Sie kam aus dem Kinderzimmer geschlichen und drückte ihr das flauschige, weiße Gestrick in die Hand.

»Eine Mütze«, flüsterte sie. »Die Oktobermorgen können schon kalt sein. Und du hast mir erzählt, daß im Herbst oft Nebel im Fuldatal liegt. Du wirst sie brauchen können.«

Janna-Berta schob sie in die Jutetasche, umarmte die Großmutter, küßte sie auf die flaumige Wange und dankte ihr für die schöne Mütze. Dann lief sie zur Bushaltestelle hinunter. Sie trug dieselbe Hose, dasselbe T-Shirt, mit dem sie nach Wiesbaden gekommen war. Nur der Anorak war neu. Der hatte Irmelas und Ruths Mutter gehört. Die Großmutter hatte ihn ihr geschenkt, gleich nachdem sie bei ihnen eingezogen war.

15

Es nieselte. Über dem Rheintal lag Nebel. Aber Janna-Berta brauchte an der Autobahnauffahrt nicht lange zu warten. Schon der zweite Wagen, der anhielt, fuhr in Richtung Kassel. Eine Frau saß am Steuer. Mit einem Blick auf Janna-Bertas Kopf begann sie sogleich die Leidensgeschichte ihrer Schwester zu erzählen, die in Bad Neustadt an der Saale gelebt und alles verloren hatte.

»Alles!« rief die Frau.

»Aber sie lebt doch noch«, sagte Janna-Berta.

Die Frau hörte gar nicht zu, sondern erzählte weiter. Janna-Berta brauchte nicht zu antworten. Sie döste vor sich hin.

Die Fahrt ging nur bis zur Abfahrt Gießen Ost. Dort pflückte Janna-Berta einen großen Strauß aus einem Dahlienfeld, bis sie ein bärtiger Student in einem uralten Fiat mitnahm. Sie hatte Glück: Der Student wollte nach Berlin. Als er hörte, daß sie in die ehemalige Sperrzone DREI wollte, machte er ein bedenkliches Gesicht.

»Ich hab dort noch was zu erledigen«, sagte sie und bat ihn, sie bei Bad Hersfeld abzusetzen.

»Überleg dir's noch mal«, meinte er. »So wichtig kann das, was du dort zu tun hast, doch nicht sein.«

Aber sie war entschlossen. Als er hielt, bedankte sie sich und stieg aus. Dabei rutschte ihr der Klappspaten aus der Tasche. Der Student starrte auf den Spaten, dann auf sie.

»Willst du etwas ausgraben?« fragte er.

»Ich will jemanden begraben«, antwortete sie.

»Die Toten sind alle begraben«, sagte er. »Sogar die Tierkadaver. Dafür haben sie gleich Spezialtrupps hineingeschickt.«

»Ich glaube nicht«, sagte Janna-Berta, »daß die auch in den Rapsfeldern gesucht haben.«

»Wer ist es?«

»Mein kleiner Bruder.«

»Steig wieder ein«, sagte der Student. »Ich fahr dich hin.«

Er fuhr mit geschlossenen Fenstern. Sie verstummten beide während der Fahrt. Kurz vor Asbach bat sie ihn zu halten, bedankte sich, reichte ihm eine Sonnenblume aus ihrem Strauß und stieg aus. Er wendete und machte, daß er davonkam. Auf der breiten Bundesstraße 62 war fast kein Verkehr. Sie machte nicht den Umweg über das Dorf, sondern stapfte quer über die Felder. Zwischen hoch aufgeschossenem Unkraut entdeckte sie verkümmerte Kartoffelstauden. Sie erreichte den Bahndamm und blieb stehen. Lange sah sie zum Dorf hinüber. Die ganze sanfte Tallandschaft hatte einen bräunlichen Schimmer. Im Dorf drüben standen schon ein paar Bäume entlaubt. Sie holte tief Luft und kletterte über die Böschung auf den Damm.

Da lag noch ihr Rad neben den Schienen, verrostet, und auf dem Gepäckträger klemmte die Schultasche. Dahinter aber, den halben Horizont füllend, lag das unabgeerntete Rapsfeld und ließ sich nichts anmerken.

Sie kletterte langsam den Damm hinunter, auf Ulis verbogenes Fahrrad zu, das auf der Böschung lag. Die Plastiktüte war zerfetzt. Tiere hatten wohl daran gezerrt, um an den Proviant zu kommen. Auf dem unkrautüberwucherten Schotterweg entdeckte sie den Teddybär. Er war plattgefahren und verstaubt. Seine sattbraune Farbe war verblaßt.

Sie hob den Sonnenblumenstrauß hoch über den Kopf und watete in das Feld hinein. Vorsichtig tastete sie sich mit den Füßen voran und bog die Stengel auseinander. Sie mußte eine Weile suchen, bis sie Uli fand. Melde und wilde Kamille hatten das, was von ihm übrig war, fast ganz bedeckt. Es stank nicht mehr. Der Hausschlüssel hing noch an dem roten Lederband. Als sie daran zog, gab es nach, ohne daß sie es zerreißen mußte. Der Schlüssel fiel ihr in die Hand. Sie steckte ihn ein und nahm den Klappspaten aus der Jutetasche.

Sie brauchte keine große Grube auszuheben. Als ihr das Loch tief genug erschien, legte sie die Sonnenblumen hinein, die jetzt schon welk waren, und bettete das armselige Bißchen, das von Uli geblieben war, darauf. Sie holte den Teddybär und legte ihn dazu. Dann schaufelte sie Erde darauf und trat sie fest. Mehrmals überkam sie ein starker Brechreiz. Aber sie gab ihm nicht nach.

Kaum hatte sie ihre Arbeit beendet, klappte sie den Spaten zusammen und hastete, ohne sich umzusehen, durch den Raps zurück und auf den Damm wie jemand, der sich, von der Flut verfolgt, auf einen Deich rettet. Außer Atem schaute sie zurück auf das Rapsfeld. Ihre Spuren waren kaum zu erkennen, und wo das Grab lag, erriet sie nicht mehr.

Sie spürte, wie ihre Knie zitterten. Nun brauchte sie sich nicht mehr zusammenzunehmen. Sie ließ sich fallen, lag lange auf dem Rücken und ließ die Wolken über sich hinziehen, friedliche, gutartige Wolken, bauschig wie Watte.

Es mußte schön sein, auf Dahlien zu liegen, von Stille, Dunkelheit und Kühle umgeben, ohne Angst.

Die Schläuche ihres Fahrrads waren platt, aber die Pumpe funktionierte noch. Sie pumpte die Schläuche auf, nahm die Schultasche vom Gepäckträger und warf sie weg, ohne sie noch mal zu öffnen. Dann klemmte sie den Spaten auf den Gepäckträger und schob das Rad die Böschung hinunter. Es ließ sich nur mühsam treten und quietschte. Aber sie kam voran.

Im Dorf rührte sich nichts. Auf den Straßen lag noch das trokkene Laub und der von den letzten Regengüssen angeschwemmte Sand. Eine Ratte huschte über die Fahrbahn. Vor einer Haustür lag ein bis auf die Knochen abgemagerter Hund. Es war nicht zu erkennen, ob er tot war oder schlief. Als Janna-Berta an die Kreuzung kam, fand sie den ausgebrannten Bus und die Wracks mehrerer Wagen zusammengedrückt in dem Vorgarten, durch den damals der Mercedes geschaukelt war. Eine Planierraupe hatte wohl die Fahrbahn geräumt.

Sie bog in die Bundesstraße 62 ein. Ein paar Häuser weiter lud eine Familie einen Wagen aus und trug Koffer und verschnürte Schachteln ins Haus. Im Oberstock stieß eine Frau ein Fenster auf. Janna-Berta hörte sie rufen: »Gott sei Dank, es ist alles noch da. Aber die Mäuse –!«

Dann war das Dorf zu Ende. Wohin man sah, reihten sich ungeerntete, verwahrloste Felder aneinander, und an den Straßenrändern standen und lagen Autowracks. Aus dem halb herabgekurbelten Fenster eines Golfs huschte, als Janna-Berta auf ihrem Fahrrad vorüberquietschte, eine struppige Katze. Der Golf trug einen Dachgepäckträger. Neben dem Wagen lag ein Nachtstuhl.

Auch in Beiershausen und Niederaula regte sich schon wieder Leben. Janna-Berta sah eine Frau Fenster putzen, sah einen Mann vor einem Feld stehen und den graubraunen Weizen betrachten, den der Regen zusammengeschlagen hatte. Ein alter Mann und ein etwa zwölfjähriger Junge schleiften ein totes Schwein aus einem Stallgebäude. Das hatten wohl die Aasbeseitiger übersehen.

Ein Hund kläffte Janna-Berta an, als sie die Schläuche frisch aufpumpte. Immer wieder und immer öfter mußte sie anhalten, um zu pumpen. Die Schläuche waren während der heißen Sommermonate brüchig geworden.

Es hatte aufgehört zu nieseln. Schemenhaft wuchs die Autobahnbrücke aus dem Nebel. Es herrschte nur mäßiger Verkehr und fast nur nach Süden: Lastwagen und hochbepackte Personenwagen. Den Hang neben der Autobahnauffahrt bedeckte ein ganzer Autofriedhof. Eine Schar Krähen hockte auf den Wracks und flatterte auf, als Janna-Berta vorbeikam.

Sie bog von der Bundesstraße in die Landstraße ein. Hier begann das Schlitzer Ländchen. Unterwegfurth, Oberwegfurth. Eine Frau fegte den Bürgersteig, zwei Kinder spielten quer über die Straße Fußball, auf dem Pflaster eines Bauernhofs lag ein Mann unter einem Traktor und hämmerte. Es roch nach Kohlsuppe. Hinter Oberwegfurth hielt Janna-Berta unter einem Baum am Straßenrand an: An diesem Baum hatte sie gelehnt, als Uli das Brot und den Schnittkäse hinuntergewürgt hatte. Zu dieser Zeit hatten die Mutter und Kai noch gelebt, sicher auch Jo. Der Vater war vielleicht schon tot gewesen. Und Oma Berta und Opa Hans-Georg hatten ahnungslos auf ihrer Terrasse auf Mallorca gesessen und Kaffee getrunken.

Sie griff nach dem Schlüssel in ihrer Hosentasche. Dann pumpte sie die Schläuche wieder auf und radelte weiter. Rimbach, Queck. Hier war sie oft mit Eltern und Geschwistern gewandert. Wandern: Vatis und Opa Hans-Georgs Hobby. Darin waren die beiden ein Herz und eine Seele gewesen. Wie oft waren sie unterwegs in Streit geraten über Politik! Aber über einem schönen Steinpilz hatten sie den Grund ihres Zankes vergessen können.

In einem Garten lag ein umgestürzter Baum. Er hatte einen Zaun zerquetscht. Ein alter Mann hackte die Äste vom Stamm. In einer anderen Ecke des Gartens sammelte eine Frau Falläpfel ein. Sie hielt Janna-Berta an und fragte sie, wo sie hinwolle.

»Nach Schlitz?« fragte sie erstaunt. »Du allein?«

»Meine Eltern sind tot«, sagte Janna-Berta. »Aber in Schlitz steht noch das Haus von uns.«

»Wer waren deine Eltern?« fragte die Frau und band sich ihr Kopftuch fester.

»Die Meineckes«, sagte Janna-Berta.

»O mein Gott«, sagte die Frau und starrte Janna-Berta an, »die Meineckes. Was ist das für eine Welt? Womit haben wir das verdient?«

»Was fragst du, Marta«, knurrte der Alte. »Die Menschheit ist übermütig geworden. Hat alles besser wissen und besser können wollen als unser Herrgott. Sie hat einen Dämpfer nötig gehabt, den hat sie jetzt bekommen.«

»Genau dasselbe hast du nach dem Krieg auch gesagt«, rief die Frau.

»Eben«, sagte der Alte. »Aber der hat noch nicht genügt. Der war schon wieder vergessen. Das hab ich euch damals schon gesagt, wie der Ralf und die Leni auf Urlaub nach Marokko geflogen sind – Bauern, im Juni! Das kann nicht gutgehen, hab ich gesagt, das ist Frevel. Und wie sie das Vieh nicht mehr auf die Weide getrieben haben, hab ich's ihnen auch gesagt. Das läßt sich unser Herrgott nicht bieten.«

»Jaja«, sagte die Frau ärgerlich, »du hast immer alles schon vorher gewußt. Du bist ja mit unserem Herrgott verschwägert.«

Dann wandte sie sich wieder Janna-Berta zu. »Es werden noch nicht viele Leute in Schlitz sein«, sagte sie. »Wir sind auch erst seit vorgestern wieder hier. Manche kommen nur, um sich anzugucken, wie's aussieht, dann fahren sie wieder ab. Wenn du heute niemand antriffst, der sich um dich kümmert, dann komm erst mal hierher. Danach kannst du weitersehen.«

Janna-Berta dankte, stieg wieder aufs Rad und fuhr auf Hutzdorf zu. Sie kam an dem Graben vorbei, aus dem sie und Uli damals getrunken hatten. Sie stieg ab und wusch sich die Hände, die noch schmutzig von der Erde waren. Drüben lag der Tempelberg, davor mündete die Schlitz in die Fulda. Der Nebel hatte sich gehoben. Über dem Wald erschien ein Fetzen blauen Himmels.

Früher hatte hier Jungvieh geweidet. Jetzt gab es kein Vieh mehr im Schlitzerland. Hatte es Sinn, das Land zu bearbeiten? Würde man die neuen Ernten verzehren können? Auch kehrten nicht alle ins Schlitzerland zurück, die einmal hier zu Hause gewesen waren. Hier gab's ja keine Zukunft. Das Ländchen würde arm sein und krank.

Janna-Berta trat heftiger in die Pedalen, obwohl sie schon fast auf den Felgen fuhr. Sie passierte die ersten Häuser von Hutzdorf, sah vor sich den Stadtberg mit den Silhouetten der Vorderburg und der Türme liegen und dachte an das Haus am Hang. Jemand rief sie an, rief hinter ihr her. War das nicht die Stimme der freundlichen Verkäuferin aus dem Metzgerladen gewesen?

Aber sie wollte jetzt nicht aufgehalten werden. Erst mußte es durchgestanden sein, das Heimkommen, das Wiedersehen mit dem Haus, in dem niemand auf sie wartete.

Sie holperte an den letzten Häusern von Hutzdorf, an den ersten Häusern von Schlitz vorbei, blind für alles, was sich da schon wieder bewegte, und für die Sonne, die sich in den Pfützen spiegelte. Sie bog gegenüber dem alten Bahnhof ein und keuchte den Hang hinauf. Aber das rostige Fahrrad schaffte ihn nicht. Janna-Berta sprang ab, lehnte es an die Hangmauer und ging zu Fuß weiter. Soltaus Bungalow lag still da. Die Rolläden waren herabgelassen. Auf den Stufen vor der Haustür häuften sich angewehte Zweige, raschelte dürres Laub. Die Geranien vor den Fenstern waren vertrocknet.

Janna-Berta starrte auf die andere, die Hangseite. Dort tauchte jetzt das spitzgiebelige Haus auf, eingerahmt von Obstbäumen und Fliedergebüsch, von Ginster und Goldrute. Janna-Bertas Herz schlug schneller: Außer Oma Bertas herrlichen Geranien, die verschwunden waren, schien alles so wie immer. Sie brauchte nur die einundfünfzig Stufen den Hang hinaufzuspringen und so stürmisch zu schellen, wie sie es immer getan hatte. Dann würde die Tür aufgehen, und Mutti stünde im Türrahmen und sagte: »Da bist du ja.« Kai käme angesprungen, ließe sich von Janna-Berta auf den Arm nehmen und abküssen, und Uli erschiene mit breibeschmierten Fingern und einer Reibe und riefe: »Noch drei Kartoffeln, dann bin ich fertig!« Aus dem offenen Wohnzimmer käme der Duft von Vatis Pfeifenrauch.

Janna-Berta hatte Mühe mit den Stufen. Auf halber Höhe mußte sie stehen bleiben und sich auf die steinerne Balustrade stützen. So hatte sie Oma Berta oft stehen sehen, wenn sie vom Einkauf heimgekehrt war. Das Herz schlug ihr bis zum Hals, und ihre Knie waren weich. Sie erinnerte sich, wie sie manchmal vor Oma Berta die Stufen hinaufgehüpft war und ihr von oben lachend zugerufen hatte: »Ich bin schon da!«

Dann hatte Oma Berta dort unten auf halber Höhe, auf die Balustrade gestützt, den Kopf gehoben und matt hinaufgerufen: »Warte nur, bis du alt bist. Du kommst auch einmal dahin.«

Langsam stieg sie weiter. Unter dem Balkon lag ein Haufen vertrockneter Geranien. Sie wunderte sich. Gewiß, niemand hatte die Geranien gegossen, nachdem sie und Uli das Haus verlassen hatten. Wer aber hatte die dürren Stauden aus den Blumenkästen entfernt, wenn das Haus leerstand?

Eine Hoffnung flackerte in Janna-Berta auf, wurde groß, nahm ihr den Atem. Wie, wenn das alles ein Mißverständnis gewesen war? Eine unglückliche Verkettung von Falschinformationen und Irrtümern? Wenn Vati und Mutti und Kai –?

Sie nahm den Schlüssel aus der Tasche und schloß leise auf.

16

Sie lauschte mit vorgerecktem Kopf. Aber nichts rührte sich. Kein Knarren der Tür, die das Treppenhaus von der Wohnung trennte, kein Tak-tak von Muttis Absätzen, kein Trippeln von Kinderfüßen war zu hören. Und es roch nicht nach Pfeifenrauch, sondern nach abgestandener Luft. Von draußen drang der Geruch von faulem Laub herein. Janna-Berta setzte sich auf die Treppe und stützte den Kopf in die Hände.

Aber da waren *doch* Geräusche! Langsam tappten Schritte aus dem Oberstock, wo Oma Bertas und Opa Hans-Georgs Wohnung lag, die Treppe herab. Opa Hans-Georgs Schritte – unverwechselbar! Jetzt hörte sie ihn sich sogar räuspern.

»Ist da wer?« rief er herunter.

Sie fuhr herum, riß die weiße, bauschige Mütze aus der Jutetasche und zog sie sich über den Kopf. Dann trat sie vor.

»Ich bin's«, sagte sie.

Er beugte sich übers Treppengeländer. Sie erkannte sein langes, schmales, glattrasiertes Gesicht mit den Tränensäkken und der grauen Strähne, die ihm immer in die Stirn fiel. Seine Augen waren schon nicht mehr sehr gut. Er brauchte eine Weile, um sie zu erkennen. Aber als er begriff, geriet er außer sich.

»Großer Gott – Janna-Berta, bist du's?« rief er, kam ihr zwei Stufen entgegen, kehrte dann wieder um und rief hinauf: »Berta, komm schnell, Janna ist da!«

Noch bevor er Janna-Berta erreicht hatte, öffnete sich im Oberstock die Wohnungstür, trippelten Schritte. Oma Berta erschien: erst ihre Hand am Geländer, dann ihr Kopf, der sich darüberbeugte. Und schon hastete sie die Treppe herunter.

»Ach Jannchen, Jannchen«, rief sie, »daß du schon gekommen bist! Was für eine Überraschung!«

Opa Hans-Georg erreichte Janna-Berta zuerst. Er drückte sie an sich und küßte sie auf beide Wangen. Sie hielt die Mütze fest, die zu rutschen drohte. Dann schob ihn Oma Berta beiseite. Janna-Berta hatte sie nicht so klein in Erinnerung. Sie mußte sich zu ihr hinunterbeugen. Oder war sie, Janna-Berta, inzwischen gewachsen?

»Wie schmal du geworden bist«, sagte Oma Berta und tätschelte ihr die Wange. »Kein Wunder nach all der Aufregung. Nun wollen wir dich aber schnell herausfüttern.«

Janna-Berta schien es, als träumte sie. Langsam stieg sie die Treppe hinauf. Hinter ihr gingen Oma und Opa. Oma Berta hatte sich bei Opa Hans-Georg eingehängt. So war sie schon immer die Treppe hinaufgegangen, solange sich Janna-Berta erinnern konnte. Und aus der offenen Wohnungstür duftete es nach Kaffee, so, wie es hier schon immer um diese Tageszeit geduftet hatte.

»Du mußt entschuldigen«, keuchte Oma Berta, »daß wir noch nicht alles saubergemacht haben. Zum Beispiel das Gästezimmer und Opas Arbeitszimmer. Wir sind ja heute erst den dritten Tag hier. Du glaubst nicht, wie schmutzig alles war. Alles verstaubt. Und was für ein Geruch in der Wohnung!«

»Wir waren mit bei den ersten«, sagte Opa Hans-Georg, «die hier in Schlitz wieder eingezogen sind. Wir hatten ja auf Mallorca schon erfahren, daß die Sperrzone DREI am ersten Oktober aufgehoben werden sollte. Da war's mit unserer Geduld vorbei. Wir haben den Flug so gebucht, daß wir gleich vom Flughafen aus herfahren konnten. Wir haben ein Taxi genommen, Bus und Bahn verkehren ja noch nicht wieder regelmäßig. Und wir haben gleich in Frankfurt vor einem Supermarkt gehalten und das Taxi voll Lebensmittel geladen. Hier wird sich das alles ja erst allmählich wieder einspielen – ich meine die Einkaufsmöglichkeiten und all das.«

»Weißt du, wir hatten Mallorca so satt«, unterbrach ihn Oma Berta, »und dann hatten wir auch Sorge um unsere Wohnung hier.«

»Es ist ja alles ein bißchen aus der Fassung geraten durch die unglückselige Geschichte in Grafenrheinfeld«, fuhr Opa Hans-Georg lächelnd fort, »vielleicht auch die Moral, nicht wahr. Jedenfalls waren wir beide der Meinung, daß wir auf unsere Sachen hier besser selber aufpassen, anstatt alles der Polizei zu überlassen.«

»Ich glaube«, sagte Oma Berta, »wir können auf dem Balkon Kaffee trinken. Die Sonne ist herausgekommen. Um diese Jahreszeit heizt sie noch schnell auf.«

»Die Oma hat sogar schon Kuchen gebacken«, verkündete Opa Hans-Georg schmunzelnd.

»Dafür war er schon im Garten zugange«, sagte Oma Berta. »Er hat's ja auch gar nicht abwarten können. Die Treppe war fast zugewachsen. Das hättest du sehen sollen! Das Gebüsch hatte sich ganz ungeniert ausgebreitet. Und hinterm Haus die Beete – unbeschreiblich!«

Während Opa Hans-Georg die Stühle zurechtrückte und ein altvertrautes Tischtuch ausbreitete, stand Janna-Berta am Balkongeländer und schaute hinunter auf die Stadt. Die lag still in der Sonne.

Ein paar Fußgänger, ab und zu ein Wagen – das war alles. Die Straßen waren gesprenkelt von braunem Laub, das niemand weggefegt hatte. Die herbstlichen Bäume schimmerten in der Sonne. Viele waren schon kahl.

»Damals, an diesem Tag –«, begann sie langsam.

»Pst«, unterbrach sie Oma Berta und machte eine ängstlich abwehrende Handbewegung, »ich will nichts hören. Bitte! Ich will an das alles nicht erinnert sein. Seien wir froh, daß alles noch gut ausgegangen ist.«

»Vom Frankfurter Flughafen aus«, sagte Opa Hans-Georg, »haben wir Helga angerufen. Wir haben erfahren, daß es allen gutgeht. Sie können bald entlassen werden.«

Janna-Berta atmete tief durch. Sie sah Oma Berta an. Die lächelte so zärtlich, so zufrieden zurück.

»Ja«, sagte Janna-Berta ruhig, und sie war sich einen Augenblick lang ganz sicher, daß sie nicht log, »es geht ihnen gut. Sehr gut.«

»Nun, dann ist ja alles in Ordnung«, sagte Opa Hans-Georg, ließ sich am Kopfende des Kaffeetischs nieder und lehnte sich zurück. »Wir werden sie sicher bald wiedersehen. Die Jungen werden ordentlich gewachsen sein. Aber einen Gruß hätten sie wirklich nach Mallorca schicken können. *So* krank ist man nicht, daß man nicht wenigstens eine Karte schreiben kann.«

»Du vergißt den Schock«, sagte Oma Berta milde. »Es muß hier ja ziemlich drunter und drüber gegangen sein.«

Sie machte eine Pause, dann fügte sie etwas hastig hinzu: »Hat man denn auch ahnen können, daß diese Atommeiler so gefährlich sind?«

Opa Hans-Georg wollte etwas sagen, aber Janna-Berta konnte nicht warten.

»Haben es euch Mutti und Vati nicht oft genug gesagt?« fragte sie und beugte sich vor, gespannt auf Oma Bertas Antwort.

»Ich bin der Meinung –«, begann Opa Hans-Georg und hob die Hand zu einer großen Geste.

»Nein, Hans-Georg«, unterbrach ihn Oma Berta, »laß uns erst Kaffee trinken. Danach kannst du politisieren.«

Politisieren. Janna-Berta erinnerte sich gut an dieses Wort. Oma Berta hatte es oft gebraucht. Ein bißchen abwertend, als ob es sich dabei um ein besonders nutzloses Hobby handle, wie Fußball, Briefmarken sammeln oder Kreuzworträtsel lösen. Das Wort hatte die Eltern immer wütend gemacht.

Auch Oma Berta hatte sich nun niedergelassen. Der Tisch war liebevoll gedeckt. Ein Streuselkuchen duftete köstlich. Es fehlte an nichts – nicht einmal an Schlagsahne: Köstlichkeiten aus der guten alten Zeit. Bei Helga und Almut gab es weder Schlagsahne noch Streuselkuchen, und den Kaffee hellten sie mit Milchpulver auf.

»Setz dich doch, Kind«, sagte Oma Berta. Sie lächelte über ihr ganzes liebes Gesicht. »Wer hätte gedacht, daß wir heute zu dritt Kaffee trinken würden?« Sie kicherte. »Das heißt, genaugenommen trinken wir auch nicht zu dritt Kaffee. Jannchen bekommt Kakao, wie immer. In deinem Alter ist Kaffee noch Gift.«

Sie beugte sich über Janna-Bertas Tasse und schenkte ihr Kakao ein. Janna-Berta setzte sich auf die Stuhlkante, bereit, jeden Augenblick aufzuspringen.

»Aber jetzt sag mir doch bloß mal, Kind, warum ihr Coco nicht mitgenommen habt«, sagte Opa Hans-Georg, und Janna-Berta merkte, wie er sich Mühe gab, seine Stimme nicht zu vorwurfsvoll klingen zu lassen. »Als wir herkamen, fanden wir das arme Tier verhungert im Käfig. Wenn ihr's wenigstens freigelassen hättet! Wie konnte das nur passieren?«

»Wir haben ihn vergessen, Opa«, sagte Janna-Berta.

»Vergessen?« riefen Oma und Opa wie aus einem Mund und starrten Janna-Berta bestürzt an.

»Ich habe geweint, als ich ihn fand«, seufzte Oma Berta.

Janna-Berta blieb stumm.

»Nun ja«, sagte Opa Hans-Georg versöhnlich, »wir wollen uns diesen schönen Nachmittag nicht mit Vorwürfen verderben. Schwamm drüber.«

Eine Pause entstand. Janna-Berta starrte auf die Blümchen der Kaffeedecke und dachte an Uli. Leise klingelten die Kaffeelöffel in den feinen Porzellantassen. Eine Wespe kreiste über dem Kuchen.

»Nimm doch die Mütze ab, Kind«, sagte Opa Hans-Georg.

Janna-Berta schüttelte den Kopf. Sie langte nach einem Stück Kuchen. Sie hatte an diesem Tag noch nichts gegessen, nicht einmal gefrühstückt. Sie stopfte. Ein Stück gute alte Zeit, garantiert verseucht. Sie versuchte, gar nicht daran zu denken.

»Die Mütze, Jannchen, die Mütze«, erinnerte sie Opa Hans-Georg. »Du hast sie noch immer auf dem Kopf.«

»Laß sie doch«, sagte Oma Berta, an den Opa gewandt – und dann zu Janna-Berta: »Sicher hast du sie selber gestrickt und bist stolz auf sie. Ich finde sie auch wirklich wunderhübsch. Du auch – nicht wahr, Hans-Georg?«

»Mich stört die Farbe«, sagte Opa Hans-Georg. »Von weitem könnte man das Kind damit für eine alte Dame mit weißem Haar halten. Zumal sie ja ihr eigenes Haar ganz und gar darunter versteckt hat.«

Oma Berta legte ihre Hand auf Janna-Bertas Arm und sagte mit einer eigensinnigen Kopfbewegung: »*Mir* gefällt sie. Und gerade die Farbe finde ich zauberhaft. Außerdem«, sie beugte sich wieder zu Opa Hans-Georg hinüber, »vergiß nicht, daß das Kind eine Menge Aufregung hinter sich hat.«

»Allerdings«, sagte Opa Hans-Georg und setzte geräuschvoll seine Tasse ab. »Viel zuviel Aufregung. Unnötige Aufregung. Deutsche Hysterie. Wir sind hier neunzig, hundert Kilometer von Grafenrheinfeld entfernt, und auf den puren Verdacht hin scheucht man gleich die gesamte Bevölkerung fort. Wegen eines Verdachts legt man Fabriken still, läßt man das Vieh krepieren und die Ernte verkommen. Mir ist das einfach unverständlich. Es hätte doch genügt, wenn man Schwangere und Kinder für eine oder zwei Wochen evakuiert hätte. So wie es die Russen damals auch gemacht haben. Das muß man denen lassen: Die haben nach diesem Tschernobyl gezeigt, wie man solche Dinge in den Griff bekommt.«

Janna-Berta öffnete den Mund. Aber Oma Berta kam ihr zuvor.

»Aber Hans-Georg«, sagte sie, »es heißt doch, bei der Katastrophe in Grafenrheinfeld sei neunmal so viel Radioaktivität ausgetreten wie in Tschernobyl.«

Sie hob, wie immer, ihre Tasse mit abgespreiztem kleinen Finger und trank genüßlich.

»Uns kann man viel erzählen«, sagte Opa Hans-Georg finster. »Denk doch nur daran, was für eine Hysterie hier nach Tschernobyl ausgebrochen ist! Und wenn ihr mich fragt, dann sind es heute wieder dieselben, denen die Katastrophe gar nicht groß genug sein kann. Kernkraftgegner, Weltverbesserer, das ganze grüne Gesocks, das uns zurückschicken will in die Steinzeit.«

Janna-Berta kamen wieder die Figürchen vom Wandbord im Nothospital in den Sinn. Sie wünschte sich, Steine zu haben, viele handliche Steine. Sie schaute sich um. Hier auf dem Balkon gab es keine Steine. Nicht einmal ein Holzscheit oder einen Briefbeschwerer. Ihr Blick blieb am Kakaokännchen hängen. Sie umfaßte es mit beiden Händen und hob es hoch.

»Schön heiß, nicht wahr«, sagte Oma Berta mit liebevollem Lächeln. »Trink nur.«

Janna-Berta ließ das Kännchen wieder sinken. Nein.

»Aber in den Zeitungen war doch von so vielen Toten die Rede«, sagte Oma Berta zu Opa Hans-Georg.

»Hast du sie gesehen?« antwortete er mürrisch. »Natürlich, im Kraftwerk und drum herum. Und dann das Verkehrschaos . . .«

»Sie schreiben, es waren achtzehntausend«, sagte Oma Berta.

Opa Hans-Georg winkte ärgerlich ab. »Ich will euch sagen, worauf es ankommt«, dozierte er wie vor einer vielköpfigen Zuhörerschaft. »Es kommt darauf an, daß solche Zwischenfälle vor der Presse abgeschottet werden. Dann käme so eine Hysterie gar nicht erst auf, und man wäre vor diesem An-die-große-Glocke-hängen und vor jeder Übertreibung sicher. Heutzutage wird viel zuviel aufgeklärt. Wozu muß Lieschen Müller über das Innere des Reaktors Bescheid wissen, über Rem und Becquerel? Am Ende versteht sie ja doch nichts. Wozu muß alle Welt die Anzahl unserer Toten erfahren? Durch dieses Großkatastrophenmärchen wird unser Ansehen im Ausland unnötig geschädigt. Ich sage nur so viel: Es hat in diesem Land Politiker gegeben, die hätten die ganze Sache so diskret gehandhabt, daß schon hier in Schlitz dieser Zwischenfall gar nicht bemerkt worden wäre. Und kein Pressemensch hätte es gewagt, in der Sache herumzuschnüffeln.«

Oma Berta nickte zustimmend.

Da zog Janna-Berta die Mütze vom Kopf und begann zu sprechen.

RTB Jeans

RTB 299

RTB 389

RTB 926

RTB 1689

RTB 1720

RTB 1735

Ravensburger TaschenBücher

RTB Zeitgeschichte

RTB 600

RTB 715

RTB 1501

RTB 1505

RTB 1553

RTB 1593

Ravensburger TaschenBücher